Das Wolkenjahr

Günther Urban, Jahrgang 1941, setzt sich seit den sechziger Jahren für die Belange von Jugendlichen ein. Er war zwölf Jahre lang für Bündnis 90/Die Grünen im Stadtrat einer oberbayrischen Kreisstadt. Seit langem kämpft er gegen das festgefahrene Wirken etablierter Kreise, gegen das unreflektierte Denken und Handeln von grundsätzlich fortschrittsgläubigen Zeitgenossen und gegen den Wachstumswahn.

Urban ist der Ansicht, dass sich insbesondere seit dem Fall der Mauer Verhältnisse aufbauen, die dem Großteil der Weltbevölkerung zum Schaden gereichen; Verhältnisse, die von einer Minderheit in die Welt gesetzt und von dieser aufrecht erhalten werden.

Günther Urban

DAS WOLKENJAHR

Bibliografische Information der Deutschen Nationalbibliothek:
Die Deutsche Nationalbibliothek verzeichnet diese Publikation in der
Deutschen Nationalbibliografie. Detaillierte bibliografische Daten sind
im Internet über http://dnb.dnb.de abrufbar.

1. Auflage 2017

Covergestaltung und Satz: Jürgen Müller, LayArt

Herstellung und Verlag: BoD – Books on Demand, Norderstedt
ISBN: 978-3-7448-4095-8

I

In der Wohnküche im Biohof Achrainer ist die siebenjährige Luci (Lucia) gerade dabei, den großen Tisch im Herrgottswinkel für das Abendessen der Familie Münch zu decken.

Der fast hundertfünfzig Jahre alte Hof im Außenbezirk der Kreisstadt wird von den Münchs in dritter Generation bewirtschaftet.

Lucis Mutter kommt in die Küche und sagt zu ihr: »Du, für den Papa musst du nachher noch ein Weißbier aus den Keller holen. Ein Bier hat er sich heute mehr als verdient und es wird ihn vielleicht auch ein wenig aufrichten.« Sie schaut auf die Uhr neben der Tür in die Wohnstube, überlegt einen Moment lang und seufzt dann: »Seit achtzehn Stunden ist er nun schon in Achhofen im Hochwassereinsatz. Aber sie haben es jetzt endlich geschafft, mit einem Sandsäckedamm einen großen Teil des Dorfes zu sichern, wie er mir gerade am Telefon gesagt hat.«

»Und wir haben es geschafft, die Ach von unserem Hof weg zu halten, Mama!«, sagt Luci stolz und strahlt.

»Ja, super waren wir alle. Und der Papa wird so was von froh sein, dass uns das gelungen ist. Er weiß ja noch gar nicht, dass die Ach am frühen Morgen auch bei uns herunten über die Ufer getreten ist.«

»Und der Beni und ich haben einfach die Schule geschwänzt und geholfen, als ein ganzer Lastwagen mit Sandsäcken bei uns angekommen ist.«

»Du, Luci, das war kein wirkliches Schwänzen. Als ich am Nachmittag die Schulleitungen angerufen habe, sagten sie mir, dass das ganz in Ordnung ist, dass viele Kinder nicht gekommen sind, weil mehrere Straßen nicht passierbar waren, dass vor allem die größeren Kinder in Achhofen beim Abdichten ihrer Elternhäuser geholfen haben und beim Aufschichten vom großen Damm mit dabei waren.«

Als Luci aus dem Keller kommt, sitzen die Großeltern schon am Tisch. Während sie ein Weißbierglas aus dem Geschirrschrank nimmt, kommt ihr Papa in die Küche. Er sagt nur: »Grüß euch, zusammen«, und lässt sich auf seinen Platz am Tisch fallen.

Luci stellt die Bierflasche und das Glas zu ihm auf den Tisch, legt einen Flaschenöffner daneben und haucht ihm einen Kuss auf die Wange. Der Papa ächzt nur: »Danke, Luci«, und schiebt dann die Bierflasche eine Weile geistesabwesend auf dem Tisch herum.

Sein Töchterl weiß jetzt nicht so recht, wofür er sich bedankt hat – für das Bier oder den liebvollen Kuss, der ihn aufmuntern sollte. Sie muss darüber aber nicht lange nachdenken, weil gerade ihr Bruder und der Onkel Martin hereinkommen.

Der Onkel setzt sich neben die Oma und sagt dann auch schon zu seinem erschöpft im Stuhl lehnenden Bruder: »Herrgott, Bastian, so ein Hochwasser haben wir noch nie gehabt!«

Die Großeltern nicken nur dazu.

»Und du kannst Gott danken, dass der Hof nicht abgesoffen ist«, meint er gleich darauf auch noch und streckt die Beine unterm Tisch aus.

»Wieso der Hof?!« Der Bauer richtet sich mit einem Ruck auf und schaut geschockt in die Runde.

Der Martin, der Lokführer ist, und die letzten drei Tage unterwegs war, schaut den Benedikt fragend an und sagt zu ihm: »Ja weiß denn dein Vater gar nicht, dass das Achhochwasser auch den Hof erreicht hat?«

Der schüttelt nur den Kopf.

Luci dagegen setzt sich neben den Papa und beginnt aufgeregt zu erzählen. Als sie zur Anlieferung der Sandsäcke kommt, springt der Papa auf und eilt hinaus. Die Luci und ihre Mama eilen hinterher.

Nach fünf Minuten kommen die drei zurück.

Der Bauer lässt sich wieder in den Stuhl fallen und ächzt nach einem schweren Schnaufer: »Herrgott, Leute!« Er öffnet dann die Bierflasche und trinkt erst einmal einen Schluck aus der Flasche. Nach einer Weile ächzt er noch einmal: »Herrgott, Leute!«

»Wenn ihr nicht so gekämpft hättet«, meint er nach einer Weile und einmal tief durchatmen, »dann wären jetzt unsere Vorratskeller voll Wasser.«

»Ganz bestimmt, Bastian«, sagt der Großvater und setzt sich auf. »Und ohne den Beni hätten wir es auch nicht geschafft, da wäre das Wasser schneller gewesen.« Der Großvater klopft dem Fünfzehnjährigen, der sich zu ihm gesetzt hatte, anerkennend und dankbar zugleich auf die Schulter und berichtet dann noch: »Dein Sohn, Bastian, hat nämlich gut vier Stunden lang ohne Pause gleich drei Sandsäcke auf einmal geschleppt. Du, ich sag dir, der Beni hat gekämpft, als ginge es um sein Leben!«

Der Benedikt wird ein wenig rot und erklärt hastig: »Wir alle haben gekämpft, Opa!«

Der Vater sagt dazu nur: »Ich weiß schon, Beni, die Luci und die Mama haben mir draußen an der Ach das ganze Drama recht eindringlich geschildert.« Er streckt daraufhin seine rechte Hand zum Sohn hinüber und drückt dessen Hand lange und innig. Und während er sich wieder zurücklehnt, sagt er nachdenklich und irgendwie abwesend: »Die Gemeinde wird einen kilometerlangen Entlastungskanal bauen müssen und oberhalb von Achhofen zusätzlich eine Flutmulde, denn das nächste Hochwasser wird nicht lange auf sich warten lassen.«

Für den Benedikt war der Händedruck des Vaters ein Ritterschlag, und für ihn stand nun fest, dass er den Hof einmal übernehmen wird, was er sich bisher nicht so recht vorstellen konnte.

Luci dagegen flüchtet auf den Schoß vom Vater, schlingt die Arme um ihn und jammert: »Papa, ich will aber kein Hochwasser mehr! Und ich hab auch Angst vor den vielen dunklen Wolken, die wir jetzt immer haben!«

»Ach Luci, schau doch nur hinaus, gerade kommt die Sonne durch, die wird die Wolken ganz schnell vertreiben.«

Der Vater spürt selbst, dass seine Worte nicht so recht trösten können. Weil er restlos kaputt ist, und ein stärkerer Trost auch nicht leicht möglich ist, belässt er es dabei und sagt nur noch: »Du, jetzt lass uns erst einmal essen, und dann gehen wir zwei noch einmal zur Ach hinaus und schauen, ob der Sandsäckedamm auch dauerhaft dicht hält.«

»O ja, Papa, das machen wir!«

Die aus den Wolken hervorlugende Sonne hat Lucis

Sorgen nicht vertreiben können, aber mit dem Vater *ihr* Werk kontrollieren, ließ diese ganz schnell verfliegen. Sie rutscht von seinem Schoß herunter und setzt sich wieder neben ihn.

Am nächsten Nachmittag, nachdem Luci ihre Hausaufgaben hinter sich gebracht hat, geht sie mit dem Großvater zur Ach hinaus.

Dort stellen die beiden erleichtert fest, dass der breite Bach wieder innerhalb seiner Ufer fließt.

»Du, Opa, müssen wir die vielen Sandsäcke jetzt wieder wegräumen?«, fragt Luci mit einer Miene, die so gar keine Begeisterung zeigt.

»Nein, Luci, der Papa hat entschieden, dass wir den Damm vorerst nicht abtragen, weil die längerfristige Wettervorhersage weitere starke Regenfälle ankündigt.«

Luci drückt sich an den Opa und klagt: »Ich will aber keinen Regen mehr, Opa! Und ich mag auch die großen, dunklen Wolken nicht, die schon wieder am Himmel sind.«

Der Großvater streichelt sanft über ihr weißblondes Haar und sagt mit rauer Stimme: »Luci, für morgen sagt der Wetterbericht einen sonnigen Tag voraus.«

»Ja schon, Opa, aber warum regnet es denn heuer so viel?«

»Du, das ist nicht so leicht zu sagen, mein Engel. – Weißt du was, wir setzten uns jetzt erst einmal gemütlich auf die Terrasse, und dann werd ich versuchen, dir das zu erklären.«

Während sie zum Haus zurückgehen, beginnt Luci zu erzählen: »Du, Opa, heut in der Schule haben wir in der ersten Stunde über das Hochwasser geredet, und da hat die Lehrerin gesagt, dass die Erderwärmung den vielen Regen macht. Und … und dann hat sie auch noch gesagt, dass wir Menschen daran schuld sind.«

Der alte Münch setzt sich auf die Bank auf der Terrasse und lässt dann erst einmal einen schweren Seufzer heraus. Luci setzt sich neben ihn und sagt ungeduldig: »Also, Opa, sag schon, warum wir Menschen schuld sind!«

Der seufzt erneut auf und sagt dann zögerlich und stockend: »Weil wir zu viel Auto fahren, Luci, zu viel fliegen, zu viel heizen …« Er bricht ab und stößt nach einer Weile fast schon unwirsch heraus: »Weil wir Menschen von allem einfach zu viel machen!«

Der ärgerliche Tonfall hat Luci nicht wenig erschreckt. Sie schaut den Opa ziemlich verstört an und sagt erst nach einer Weile recht vorsichtig, schließlich aber doch mit Nachdruck: »Aber Opa, wir fahren doch nicht viel Auto, wir fahren doch fast nur mit dem Fahrrad oder mit dem Bus, unser Auto steht doch fast immer in der Garage. Und fliegen, Opa, tun wir doch gar nicht, weil das der Papa ganz, ganz schlecht findet!«

Der alte Herr drückt seine Enkelin liebevoll an sich und seufzt wieder abgrundtief. »Ja, Luci, das mit der Erderwärmung ist eine schwierige Sache«, meint er schließlich und schaut dabei dem Beni zu, der gerade die Milchkühe in den Stall treibt.

»Weißt du«, sagt er nach einer Weile mehr vor sich hin, »wenn sich alle Leute so verhalten würden wie wir, dann würde die Erderwärmung wahrscheinlich viel geringer sein und …«

»Und wir hätten dann auch nicht so viel Regen, oder?«

»Ziemlich sicher, mein Engerl.«

Und dann denkt der alte Münch, während er wieder die Kuhherde beobachtet: ›Herrgott, so weit haben wir es gebracht, dass es zum Problem wird, einer immerhin Siebenjährigen unsere Gegenwart zu erklären!‹

Und mit ihrer nächsten Frage verstärkt Luci dieses Problem auch noch: »Ja Opa, warum machen es denn die anderen Leute nicht so wie wir?«

»Weil ihr Leben halt anders ist, Luci! Manche wohnen weit draußen auf den Dörfern, wo kein Bus hinfährt, andere wieder verbringen ihren Urlaub gerne in weit entfernten Ländern, die nächsten heizen mit Öl oder Gas und dann gibt es Leute, Luci …«

»Aber Opa, wenn das nicht anders wird, dann werden wir doch immer diese schrecklichen Wolken und den vielen Regen haben! – Ja schau, jetzt fängt es schon wieder zu regnen an!«

II

Ich bin ja gespannt«, sagt der alte Münch beim Abendessen, »ob der Bürgermeister und die Leute vom Ingenieurbüro Seltmann die Bürgerversammlung halbwegs friedlich durchziehen können.«

»Das kann ich mir nicht vorstellen, Opa«, meint der Benedikt forsch und erklärt dann ein wenig vollmundig: »Wenigstens fünftausend Leute sind gegen die Westtangente, die bei uns vorbeikommen soll, und kaum weniger Oststadtler sind gegen die Osttangente; und die Idee mit dem Tunnel ist ja echt hirnrissig, was sogar die Leute im Bauamt sagen.«

»Dann wird wahrscheinlich alles beim Alten bleiben«, meint der Münch-Opa lapidar und fügt hinzu: »Mehr als zwanzigtausend Pkw und Lkw rollen also auch in Zukunft durchs Zentrum, und an der Rathauskreuzung stehen die Fußgänger weiterhin in den Abgasen.«

»Ja, es ist eine tragische Situation, die sich in unserer Stadt aufgebaut hat. Fast alle fahren Auto, aber keiner will den Verkehr haben«, schließt der Martin missmutig daran an und verjagt die Fliegen auf dem Obstteller. Er dreht sich dann zu seinem Bruder hin und sagt: »Und spätestens heute, Bastian, muss dir eigentlich jeder recht geben, wenn du sagst, dass die Entwicklung der Bundesrepublik seit vielen Jahren verkehrt läuft.«

»Aber total verkehrt!«, knurrt die Bäuerin Regina, steht auf und beginnt den Tisch abzuräumen.

Als sie nach einer Weile aus der Speisekammer kommt, sagt sie: »Und dass mir der Beni spätestens um zehn heimfährt, Männer! Dem steht morgen eine Schulaufgabe in Physik bevor, und da sollte er keinesfalls verschlafen antreten. Habt ihr verstanden?!«

Ihr Mann, der Martin und der Benedikt nicken nur, stehen auf und verlassen mit »Pfüat euch, zusammen!« die Küche.

Als die drei auf ihren Fahrrädern in die Zufahrt zur Stadthalle einbiegen, sehen sie zunächst nur Autodächer in der Abendsonne blinken. Der Martin will schon losschimpfen, kann sich aber gerade noch abbremsen, weil der Radlstellplatz vor der Halle ebenfalls voll ist.

Links vom Halleneingang haben die Westtangentengegner einen Infotisch mit einem großen Transparent aufgebaut, und rechts davon – wie ein Spiegelbild – die Osttangentengegner. Im Foyer stehen die Tunnelbefürworter an ihrem Tisch und führen mit nicht überseh- und überhörbarem Engagement Diskussionen mit einem ganzen Pulk von Versammlungsbesuchern.

Im großen Saal, der mit Tischen und Stühlen bis an den Rand vollgestellt ist, geht es zu wie in einem Bienenstock. Bastian kann sich nicht erinnern, dass eine Bürgerversammlung jemals so einen Andrang erlebt hätte, und so finden die Münchs auch nur mit Ach und Krach drei freie Plätze. Der Benedikt setzt sich dann aber doch ein paar Tische weiter zu seinen Freunden von der Landjugend.

Die Bedienungen versorgen außer Atem das Publikum mit Brotzeiten und Getränken. Sie machen erst eine Pause, als der Bürgermeister schon ein Gutteil seiner Begrüßung hinter sich gebracht hat. Er bleibt dabei absolut neutral, und Bastian denkt: ›Was soll er auch sagen, wenn die Bevölkerung so gespalten ist, sich nur einig darin ist, dass sie keinen Verkehr in ihrem Viertel haben möchte. Welche Position er auch einnehmen würde, er würde sich immer in die Nesseln setzten und sich Buhrufe einhandeln.‹

Nach der kurzen Rede des Bürgermeisters schlägt die Stunde der fünf Mitarbeiter des Büros Seltmann, und der Bürgermeister, der Bauamtsleiter und der Kämmerer, die diesen Leuten das Zentrum auf dem Podium zugestanden haben, versinken augenblicklich in Bedeutungslosigkeit.

Die Seltmann-Leute sehen nirgendwo ein Problem: der moorige Untergrund im Westen ist technisch beherrschbar, die Hügelkette im Osten ist sowieso keins, und Tunnel haben sie schon viele gebaut.

Die gut vierhundert Bürger nehmen das alles schweigend zur Kenntnis, was dem Bastian nicht ganz geheuer ist. Die Bürger, vermutet er deshalb, hatten wohl angenommen, dass die Ingenieure eindeutige und klare Vorteile für eine der im Raum stehenden Varianten herausstellen werden. Aber nichts dergleichen. Nach gut einer Stunde sind sie mit ihren Stellungnahmen und Erklärungen sowie mit der Projektion einer Vielzahl von Plänen durch, und geben das Wort an den Bürgermeister zurück.

Dem geht es offenbar wie der Bürgerschaft unten im Saal, und so bringt er erst nach längerem Überlegen Dankesworte für die »fundierten« Informationen heraus, sagt allerdings auch, dass er nun nicht klüger ist als vorher. Er wechselt noch ein paar Worte mit dem Bauamtsleiter und bittet dann die Bürger, sich für ihre Wortbeiträge an den vier Mikrofonen im Saal anzustellen.

Keiner steht auf. Die Leute sitzen wie gelähmt vor ihren Getränken und Brotzeittellern. Nach vielleicht einer halben Minute steht einer von der Landjugend auf und geht zum nächststehenden Mikrofon.

Der Bastian und der Martin schauen sich überrascht an, wollen sich noch halblaut etwas sagen, aber da beginnt der Benedikt – ein Blatt Papier in der Hand – auch schon mit fester Stimme: »Sehr geehrter Herr Bürgermeister, sehr geehrte Damen und Herren! Ich bin der Benedikt Münch vom Achrainerhof und möchte ein paar Worte an die Herren Ingenieure richten. – Also, die Herrschaften, ihr habt uns klar und deutlich vor Augen geführt, dass unser Verkehrsproblem für Euch kein Problem ist. Aber was erreichen Sie letztlich mit ihrer Arbeit? Der Verkehr in unserer Stadt wird nicht weniger werden, im Gegenteil, denn die Tangenten, die eine wie die andere, werden von unseren beiden großen Stadtratsfraktionen nicht zuletzt als Erschließungsstraßen gesehen, was die Pläne, die Sie uns gerade vorgestellt haben, ja auch eindeutig aufzeigen. Mit einer Tangente wird man also neues Gewerbe und damit noch mehr Verkehr auf die Stadt ziehen. Der Tunnel wird möglicherweise ganz ähnliche Wirkungen haben, weil nicht auszuschließen ist, dass vor und nach dem Tunnel neue Gewerbeflächen ausgewiesen werden. Außerdem ist festzustellen, dass weder eine Tangente noch der Tunnel das Verkehrsaufkommen im Zentrum der Stadt entscheidend verringern werden, weil sich unsere Stadt zu einer Einkaufsstadt entwickelt hat. Und so werden die Menschen aus der Region auch in Zukunft mit dem Auto ins Zentrum fahren. Weil darüber hinaus die Stadt bei weitem nicht allen Bürgern einen Arbeitsplatz bietet, werden diese auch weiterhin in großer Zahl mit dem Auto in die Region auspendeln.

Damit, sehr geehrter Herr Bürgermeister und sehr geehrte Damen und Herren, möchte ich es auch schon gut sein lassen und nur noch sagen, dass sich die Bürger unserer Stadt im Grunde weniger Verkehr wünschen, dass ihnen mit neuen Straßen keinesfalls gedient ist. – Herr Bürgermeister, ich danke Ihnen dafür, dass ich das vorbringen durfte.«

Der Benedikt dreht sich um und marschiert zu seinen Freunden zurück. Er hat den Tisch noch nicht ganz erreicht, da bricht, als hätte jemand einen Schalter umgelegt, ein Beifallssturm los. Sein Vater und sein Onkel applaudieren ebenfalls was das Zeug hält, überlegen aber auch, was diesen Sturm wohl auslöst. Sie kommen schließlich zu dem Ergebnis, dass die Bürger aus dem Osten und Westen der Stadt, die das weitaus größte Kontingent im Saal stellen, nun annehmen, dass der junge Mann mit seinen Argumenten den Tangenten den Todesstoß versetzt hat.

Nachdem sich der Beifall gelegt hat, drängen die Tunnelverfechter zu den Mikrofonen. Sie bringen vehement ihr stärkstes Argument vor, dass nämlich der Tunnel das Zentrum der Stadt vom Durchgangsverkehr weitgehend befreien wird. Sie handeln sich dennoch wütende Zwischenrufe von Seiten der Anwohner an den geplanten Tunnelportalen ein, weil diese befürchten, dass dort früher oder später Gewerbeflächen ausgewiesen werden, und dann der Verkehr in ihren Quartieren erheblich zunimmt.

Nach dem letzten Tunnelbefürworter tritt der Martin ans nächststehende Mikrofon. Er stellt sich kurz vor, begrüßt ganz knapp den Bürgermeister und knüpft dann an den Benedikt an: »Weil auch unser Herr Landtagsabgeordneter zugegen ist«, beginnt er recht sicher, »möchte ich unser Verkehrsdilemma unter dem gleichen Blickwinkel angehen, wie das mein Neffe Benedikt schon getan hat, möchte diese Sichtweise aber noch etwas erweitern. – Also, meine Damen und Herren, mein Neffe hat ganz zu Recht darauf hingewiesen, dass neue beziehungsweise zusätzliche Straßen Verkehrsprobleme selten lösen, sondern diese in aller Regel nur verstärken. Und es hat sich wieder einmal gezeigt, dass niemand«, er schaut kurz in die Runde, »Verkehr vor seiner Haustür haben möchte. Es ist also höchste Zeit, dass wir das Grundgerüst, die Struktur unseres Landes verändern und der Vermeidung von Verkehr höchste Priorität einräumen. Das heißt im Klartext, meine Damen und Herren, dass wir auf allen Ebenen unseres Gemeinwesens die Zentralisierungsmaßnahmen stoppen, die Regionalisierungsbestrebungen aber, die vereinzelt schon erkennbar sind, deutlich verstärken müssen. Daneben müssen wir uns energisch dafür einsetzen, dass die öffentlichen Verkehrssysteme ausgebaut werden. Des Weiteren, meine Damen und Herren, müssen wir alles in unserer Kraft stehende daransetzen, dass das unnötige

Hin und Her von Waren und Leistungen, das in den letzten Jahrzehnten so enorm zugenommen hat, zurückgefahren wird. – Und nun noch zu Ihnen, Herr Bürgermeister: Unsere Stadt muss zu Gunsten der Fußgänger und Radfahrer umgestaltet werden, damit der Bürger, der fast fünfzig Prozent des städtischen Autoverkehrs verursacht, sein Auto öfter in der Garage stehen lässt.«

Martin Münch atmet einmal tief durch und schließt dann mit »Herr Bürgermeister, meine Damen und Herren, ich danke Ihnen für Ihre Aufmerksamkeit.«

Auf dem Weg zu seinem Platz registriert er vereinzelt demonstratives Kopfschütteln und an ein paar Tischen Applaus. Seine Worte haben aber an allen Tischen heftige Diskussionen ausgelöst, in welchen das Schlusswort des Bürgermeisters zur Gänze untergeht.

Der Benedikt ist noch vor zehn Uhr mit seinem Vater und dem Martin nach Hause gekommen.

Auf dem Heimweg wussten die beiden gar nicht, was sie zu seinem Auftritt zuerst sagen sollen. Der junge Mann hatte aber ein ganz simple Erklärung für sein engagiertes und mutiges Vorpreschen: »Also, ihr zwei«, erklärte er zunächst einmal, »ich habe doch nur gesagt, was ihr schon seit Jahren redet. – Ja, und dann habe ich noch angehängt, was wir bei der Landjugend in den letzten Wochen angesprochen haben, dass nämlich die Portalzone von einem Tunnel immer hässlich ausschaut und deshalb zu befürchten ist, dass dort Gewerbeflächen ausgewiesen werden. Außerdem habe ich mir gedacht, dass es bei den Erwachsenen eher ankommt, wenn ein Jugendlicher neue Gewerbeansiedlungen und das damit verbundene Anwachsen des Verkehrs anspricht.«

Der Martin fährt nahe an seinen Neffen heran, klopft ihm ein paar Mal anerkennend auf den Rücken und sagt restlos begeistert: »Mann, Benedikt, deine Rechnung ist zu hundert Prozent aufgegangen!«

III

In der Jugendkneipe »Saturn« sitzt am frühen Abend der Münch Benedikt mit seinen Freunden zusammen. Mit dabei ist sein Physiklehrer Robert Weinbauer, genannt »Rocco«. Seine Freunde sind die Gymnasiasten Michaela Hört, Gerhard Stamm und Moritz Reiser (Mutter aus Äthiopien, Vater waschechter Bayer) sowie die Auszubildenden Simone Kircher (Bankkauffrau), Justus Liebermann (Kfz-Mechatroniker) und Maximilian Hirmer (Schuhmacher).

Genau genommen ist diese Zusammenkunft eine Redaktionssitzung, bei der die nächste Ausgabe der Jugendzeitung »Revolte« in groben Zügen vorbereitet werden soll.

Allerdings stecken die jungen Leute nun schon fast eine halbe Stunde lang in der Entscheidung bezüglich des Kernthemas fest. Der Benedikt meint hartnäckig, dass man den Klimawandel noch einmal aufgreifen sollte, weil inzwischen die diesbezüglichen Umfrageergebnisse unter den Jugendlichen der Stadt vorliegen. Der Justus redet genauso hartnäckig dagegen und wird nicht müde zu sagen, dass das Reden gegen den Autowahn niemand mehr hören will, und dass dies am Ende noch seine Zukunft gefährden könnte. Die Michaela aus der zwölften Klasse ist dafür, dass man sich endlich der Spaltung der Gesellschaft in Arm und Reich, der Globalisierung und den weltweiten Finanzgeschäften zuwenden sollte. Gegen Letzteres redet Simone, die meint, dass die Finanzwelt, die nicht einmal sie so recht durchschaut, ein zu schwieriges Thema wäre. Sie wird dabei vom Lehrer Weinbauer unterstützt, der ins Feld führt, dass in dieser Welt sogar ausgewiesene Fachleute schwer im Schleudern sind. »Allerdings könnte eine Jugendzeitung schon sagen«, meint er nach kurzem Überlegen, »dass die Vorgänge dort das Potential haben, die Zukunft der jungen Generation ganz ähnlich zu gefährden wie der Klimawandel.«

Dieser Vorschlag des noch recht jungen Physiklehrers löst beim Team einträchtiges Kopfnicken aus, und dann sagt Michaela auch schon voller Elan: »Wir sollten eine Sonderausgabe herausbringen, in der wir der Erwachsenenwelt in Form eines Rundumschlages zu verstehen geben, dass sie unsere Zukunft seit langem und in vielfältiger Weise aufs Spiel setzt.«

Mit »Super, Micha!« segnen Moritz und Maximilian ihren Vorschlag umgehend ab. Nach unübersehbar scharfem Nachdenken meint dagegen der Gerhard: »Wir sollten Schwerpunkte setzen, Leute, ein Rundumschlag würde ziemlich sicher nicht gut ankommen und uns zeitlich überfordern.«

»Richtig, Gerhard! Und so möchte ich vorschlagen, dass wir jetzt«, Weinbauer schaut auf seine Armbanduhr, »ohne Verzug daran gehen, die Problemfelder zu benennen, die euch und eure Freundinnen und Freunde am stärksten umtreiben.«

»Wer schreibt?«, fragt der Gerhard und schaut Michaela charmant lächelnd an.

Die lächelt matt zurück und angelt sich den Schreibblock, der ziemlich mittig – offenbar wollte ihn keiner von den jungen Leuten in Reichweite haben – auf dem großen runden Tisch liegt.

Bestimmt eine halbe Minute lang herrscht dann Ruhe am Tisch, und so kommt der Lehrer nicht umhin, zu denken, dass offenbar gar nicht so einfach in Worte gefasst werden kann, was der Jugend in erster Linie Bauchschmerzen bereitet. Erst als vor der Kneipe laut wird, sagt der Maximilian: »Also ... also ich würde gerne bringen, dass unser Volk schon viel zu lange in eine Richtung treibt, die nicht länger beibehalten werden darf. – Übrigens, mein Vater meint diesbezüglich, dass die Weichen bei uns schon vor Jahrzehnten falsch gestellt wurden, und dass wir Deutschen nun ein Riesenproblem haben, einen zukunftsfähigen Kurs einzuschlagen. Und mein Meister sagt immer, dass unsere Regierungen der industriellen Fertigung zu unüberlegt Tür und Tor geöffnet und Marktfreiheit ohne Rahmenbedingungen zugelassen haben, was zu immer größeren Unternehmen führte und unter anderem viel Handwerk sterben ließ.«

»Und so haben wir heute in vielen Wirtschaftsbereichen Konzentrationen«, schließt Michaela missmutig daran an, »die sich für den Verbraucher als äußerst nachteilig erweisen. Wenn ich bloß an das Angebot bei Schuhen denke, das ist ja heute so was von eng und bescheiden, ein regelrechter Eintopf ist das inzwischen! Und deshalb, Leute, würde ich sie mir ja am liebsten vom Maxi machen lassen ... Okay, okay, Simone, ich weiß, das kann ich mir nicht leisten. Aber mich grämt es trotzdem, dass man heute mit dem Massenschrott herumlaufen muss.«

»Du, Micha, Schuhe aus unserer Werkstatt könntest du dir durchaus leisten, wenn du dir nicht jedes Jahr ein neues Paar zulegen willst. Jedes Jahr zwei oder drei Paar neue Schuhe aus dem Laden, was bei euch Damen ja gängig ist, ist am Ende nicht billiger und verursacht außerdem ganz erhebliche Umweltbelastungen.«

»Also Maxi, du Simpel, das kann vielleicht ein Mann machen, zehn Jahre lang mit den gleichen Schuhen herumlaufen!«, erregt sich da die junge Frau und wirft ihm einen vernichtenden Blick zu.

»Ja, Leute, jetzt leuchtet mit einem Mal sogar an unserem Tisch auf, warum so manches verkehrt läuft im Land und in der Welt«, befindet daraufhin breit grinsend der Moritz und lehnt sich mit verschränkten Armen zurück.

Michaela versetzt ihm unter dem Tisch einen Tritt gegen das Schienbein und knurrt: »Unsere Schuhe sind nicht das große Problem, Moritz! Die Autosucht von euch Männern ist da schon viel gravierender.«

»Halt, Micha!« Der Maximilian ruckt hoch und sagt dann mit Nachdruck: »Ich werde Schuhmacher, meine Gute, weil das einer der wenigen Berufe ist, in dem der Mann ohne Führerschein bestehen kann. Und gerade dieser Umstand, Freunde«, er schaut in die Runde, »zeigt uns deutlich, dass sich die moderne Welt fehl entwickelt. Denn die Wirtschaft und das Gemeinwesen gründen sich doch viel zu sehr auf das Auto.«

Beim Justus beginnen wieder die Alarmglocken zu schrillen. »*Viel zu sehr auf das Auto*«, wiederholt er genervt, »willst du damit etwa sagen, dass ich mir den verkehrten Beruf ausgesucht habe, du Sepp!«

Mit »Wahrscheinlich schon« fährt der Moritz dazwischen und grinst wieder.

»Rocco, jetzt müssen Sie eingreifen, bevor die zwei aufeinander losgehen!«, stößt da der Benedikt alarmiert heraus.

»Das scheint mir nicht notwendig zu sein, Beni. – Aber inzwischen, Leute, kristallisiert sich zum Teil schon ganz gut heraus, was in der nächsten Ausgabe eurer Zeitung stehen könnte. Euch stört und beunruhigt die Tendenz in unserer Wirtschaft zur Bildung von immer größeren Einheiten, die daraus resultierende Einengung der Angebote, und, das kann man gut heraushören, die Ausgeliefertheit der Verbraucher. Und außerdem … Justi, spring mich bittschön nicht gleich an, missfällt euch auch der in unserer Wirtschaft und unserem Gemeinwesen gegebene Zwang zur Automobilität. Bei einer der letzten Sitzungen hatte ja Simone schon darauf hingewiesen, dass sie das Bankfach auch deswegen gewählt hat, weil man dort im Prinzip ohne Führerschein akzeptiert wird.«

»Du, Rocco, wenn wir schon bei der Macht der wenigen verbliebenen Marktteilnehmer sind«, Gerhard Stamm kippt mit seinem Stuhl ein Stück nach hinten und lässt sich wieder nach vorne fallen, »dann dürfen wir nicht übersehen, dass mit CETA und TTIP eine erhebliche Verschärfung der unguten Verhältnisse im Wirtschaftsgeschehen auf uns zukommt. Und, Leute, wir müssen auch bedenken, dass damit der globale Güter- und Warenstrom weiter wachsen und die jetzt schon dramatische Belastung der Meere ein Ausmaß erreichen wird, das zumindest *ich* nicht hinnehmen will. – Ja, und dann sollte in unsere nächste Ausgabe auf jeden Fall hinein, Michaela hat das ja vorhin schon angesprochen, dass uns die Mehrzahl der Erwachsenen, die duckmäuserisch, ja geradezu untertänig dahinlebt, in eine Zukunft laufen lässt, die unsere Generation vor nicht zu bewältigende Probleme stellen wird.«

»Und das, Leute, macht mich so was von wütend, dass ich es euch gar nicht sagen kann!«, poltert da der Moritz, reißt sich die Mütze vom Kopf und knallt sie auf den Tisch.

Simone und Michaela schauen ihn erschrocken an, denn so aufgebracht haben sie den jungen Mann noch nicht erlebt.

Dessen kurzer Ausbruch war aber erst der Startschuss für einen Großangriff auf die Erwachsenenwelt. Moritz schnappt sich die Mütze, stülpt sie über sein Speziglas und brettert dann erst so richtig los: »Vorige Woche, Leute, waren wir beim fünfzigsten Geburtstag von meinem Onkel. Es sind gut zwanzig Leute zusammengekommen. Der Altersdurchschnitt lag wohl auch so um die fünfzig. Schon während des Essens wurde vorsichtig politisiert. Es waren so ziemlich alle Denkrichtungen vertreten, die wir in unserem Land so haben. Spätestens nach dem Schnaps, mit dem noch einmal auf den runden Geburtstag des Onkels angestoßen wurde, trifteten die Gespräche allerdings in ein Herumkritisieren an allem und jedem ab. – Okay, Leute, das kennt man ja, und das war gerade noch auszuhalten. Frustriert hat mich aber bis zum geht nicht mehr, als man im Verlauf des Abends übereinkam, dass zwar viele Übel zu beklagen sind, dass man aber nichts dagegen machen kann, dass man sich wohl oder übel damit abfinden muss. Als es gut passte, habe ich in diese Einigungsorgie krachen lassen, dass sich ein Teil der Jugend auf keinen Fall damit abfinden will. Und stellt euch vor, Leute, nur meine Großmutter väterlicherseits hat daraufhin gemeint, dass sie das gut versteht, und dass sie diesen jungen Menschen die Daumen drückt. Alle anderen haben nur einen Moment lang irritiert zu mir hergeschaut und dann ihre Unterhaltung einfach weiterlaufen lassen.«

»Das erleben wir doch alle so ähnlich, oder?«, fragt Simone in die Runde.

Mit »Oft genug« stimmt ihr Maximilian missmutig zu.

Der Benedikt dagegen erklärt ganz angetan, dass seine Familie seit eh und je auf verschiedenen Ebenen gegen den Mainstream im Lande ankämpft.

Michaela, die während Moritz' Story hektisch Notizen gemacht hat, legt den Block auf den Tisch und sagt: »Ja, Leute, es ist leider schon die Frage, ob der junge Mensch etwas bewegen kann, wenn nahezu das gesamte Volk träge und passiv dahinlebt.« Sie rollt daraufhin den Bleistift mit der flachen Hand eine Weile gedankenverloren auf dem Block vor und zurück und sagt schließlich ohne aufzuschauen: »Rocco, wie siehst denn du das Ganze?«

Der räuspert sich kurz und muss sich dann schwer zusammenreißen, um nicht allzu pessimistisch daherzukommen: »Ich fürchte«, beginnt er etwas zögerlich, »dieses sich Abfinden und Hinnehmen ist das größte Problem mit dem wir es zu tun haben. Ich bin mir allerdings recht sicher, dass engagierte junge Menschen die Erwachsenenwelt aufrütteln können, dass also die heranwachsende Generation eine Kursänderung der Menschheit in Richtung Zukunftsfähigkeit auslösen kann. Wenn nämlich die älteren Semester, ob in den unteren Bevölkerungsschichten oder in der Oberschicht bemerken, dass die Jugend mit ihrem Verhalten beziehungsweise mit ihrem Kurs ganz und gar nicht einverstanden ist, dann bleibt ihnen eigentlich nichts anderes übrig, als die Weichen umzustellen.«

Der Gerhard schnippt mit dem Mittelfinger heftig gegen sein Speziglas und sagt dann mit düsterer Miene: »Rocco, es kann schon sein, dass wir manche Bürger wachrütteln können, aber die oberen Zehntausend – hierzulande und weltweit –, die in erster Linie die Zustände auf dem Globus zu verantworten haben, wird unser Aufbegehren, da bin ich mir ziemlich sicher, nicht im Geringsten berühren.«

»Wenn das so ist, dann können wir unsere Aktivitäten aber auch sein lassen!«, stößt daraufhin der Justus heraus und schüttet den Rest Spezi in seinem Glas in einem Zug hinunter.

»Auf keinen Fall, Justi!« Der Benedikt setzt sich mit einem Ruck auf und meint dann: »Mein Vater sagt, dass man den Fehlentwicklungen im Land nicht hilflos ausgeliefert ist. Jeder kann gegensteuern, indem er nicht dem Kurs folgt, der vor allem den Interessen des Großkapitals dient.«

»Wie denn, Beni?!«

»Ganz einfach, Micha, indem man zum Beispiel nicht in den Supermärkten einkauft, die öffentlichen

Verkehrsmittel nutzt, regenerativen Strom von kleinen regionalen Anbietern bezieht, wenn man ...«

»Okay, okay, Beni! So Recht du auch hast, ich möchte jetzt trotzdem auf den Einwand vom Gerdi und auf Justis Pessimismus zurückkommen, denn die beiden haben in mir schlagartig einen megageilen Gedanken aufsteigen lassen. – Also, Leute, wir müssten übers Internet die Jugend der Welt zu Demonstrationen vor den Burgen derjenigen Typen aufrufen, die die weltweiten Fehlentwicklungen zu verantworten haben. Und wir müssten uns einen hammermäßigen Slogan beziehungsweise eine unmissverständliche Botschaft einfallen lassen, die wir ihnen rund um die Uhr präsentieren und um die Ohren hauen, wir ...«

»Ihr Großen, Ihr zerstört unsere Zukunft!‹, wär das was, Micha?!«

»Super klingt das, Mori!«

»Okay, Micha!« Justus schiebt das leere Glas in die Tischmitte und sagt dann mit einem Blick, in dem sich Spott und Unbedarftheit die Waage halten: »Und jetzt, du Hammerfrau, musst du uns bloß noch sagen, wie die Jugend der Welt zu den Burgen der Zukunftszerstörer findet.«

Gerhard lässt sich in die Rückenlehne fallen, verschränkt die Arme vor der Brust und erklärt souverän wie der Chef vom BND: »Justi, jede zweite kann man schon von weiten wegen ihrer Größe und Protzigkeit sehen, und alle anderen können auf verschiedenen Ebenen im Internet ermittelt werden. Und so, mein Freund und Autoschmied, könnte das Internet auch einmal positiv wirken.«

»Genau, Gerdi!« Nun restlos begeistert von ihrem Vorschlag, baut ihn Michaela umgehend aus: »Und im Internet, Leute, aber auch, falls sich Diskussionen vor den Burgen der Zukunftszerstörer ergeben, müssen wir diesen Leuten klipp und klar sagen, was wir anders haben wollen.«

»Und wir müssen ihnen knallhart zu verstehen geben, dass wir solange nicht ruhen werden, bis sie ihre egoistischen und zerstörerischen Zielsetzungen aufgegeben haben!«, fügt der Moritz mit grimmiger Miene hinzu und erntet dafür den frenetischen Beifall des ganzen Teams. Aber nicht nur vom Team, auch Weinbauer klatscht mit, wie auch eine kleine Gruppe im Eck gegenüber und die Bedienung, die, an der Theke lehnend, den jungen Leuten recht interessiert zuhört.

Nachdem der Beifall verhallt ist, schaut Weinbauer über die Runde und sagt gedämpft optimistisch: »Auch wenn Michas Gedanke vermutlich gar nicht so leicht umgesetzt werden kann, und wenn ganz sicher eine Riesenportion Durchstehvermögen von Nöten sein wird, erscheint mir das ein Erfolg versprechender Weg zu sein, ja vielleicht sogar der einzige gewaltfreie Weg, der die Welt auf einen zukunftsfähigen Pfad führen könnte.«

Das Team trommelt auf diesen Kommentar hin mit den Fäusten derart heftig auf den Tisch, sodass die Spezi- und Schorlegläser gefährlich zu schaukeln beginnen.

»Ja, Leute, und jetzt sollten wir festhalten«, meint der junge Lehrer nach dem Rummel energisch, »wer welchen Punkt bis zu unserer nächsten Zusammenkunft halbwegs druckreif vorbereitet.«

»Ich mach den Punkt mit unseren lahmarschigen Erwachsenen!«, sagt der Moritz wild entschlossen und fügt nach einem tiefen Schnaufer hinzu: »Weil mir das derart stinkt, wie kaum was sonst!«

»Und ich würde gerne, wenn mir der Gerdi dabei hilft, die Texte entwerfen, die wir ins Internet stellen werden. – Ja, Gerdi«, Michaela lächelt ihn betörend an, »du müsstest dann auch unsere Botschaft beziehungsweise unseren Protest im Internet managen, weil du so etwas weitaus besser beherrscht als ich.«

Der nickt zunächst nur, sagt dann aber recht grimmig: »Und du musst darauf achten, dass ich nicht zu böse Worte an die Herrschaften richte, die uns in eine graue Zukunft hineinreiten.«

»Das mach ich, du Oberrevoluzzer!«

»Und die Sache mit der Konzentration, mit den Zusammenballungen in der Wirtschaft würde ich gerne machen.« Simone dreht sich zum Maximilian hin und sagt, unterstützt von einem kessen Augenaufschlag: »Übrigens, auch ich hätte nichts gegen eine Unterstützung von männlicher Seite.«

»Wenn du mir für jeden guten Satz eine von deinen tollen Pralinen spendierst, Simone, dann bin ich schon überredet.«

»Dann komm ich auch, junge Frau«, sagt der Moritz und grinst übers ganze Gesicht.

Doch schon im nächsten Augenblick gibt er sich ernst und streng: »Aber zurück zur Tagesordnung, denn ich möchte auch einen Beitrag zum Thema ›Arbeitsplätze‹ vorbereiten, weil ich meine, dass wir Deutschen in diesem Punkt eine untragbare Linie verfolgen. – Also,

Freunde, wir bauen und verkaufen skrupellos Waffen und Kriegsgerät um der Arbeitsplätze willen; wir produzieren in einem total überzogenen Ausmaß in fast allen Sektoren unserer Wirtschaft, weil man Arbeitsplätze erhalten will; wir schützen die Kohle aus dem gleichen Grund; wir bauen Autos in Massen, und nicht wenige davon um der Beschäftigung willen ... Du, Justi«, der Moritz dreht sich zu ihm hin, »bevor du mich anschießt, ich stelle mir vor, dass wir uns das Thema Arbeitsplätze gemeinsam vornehmen, und so könntest du mich bremsen, wenn ich an der einen oder anderen Stelle über die Stränge schlagen sollte. – Ja, Leute, mit diesem Beitrag will ich letztlich kundtun, dass es nicht länger angehen kann, dass man die verschiedensten Übel aufrechterhält, damit ja kein Arbeitsplatz verloren geht. Ich meine also, dass man sich von dieser Einstellung schnellstens verabschieden und, um Arbeitslosigkeit zu vermeiden, die Arbeitszeiten herunterfahren und unsere Wirtschaftswelt umgestalten muss.«

Nach dieser fundamentalen Proklamation atmet der Moritz einmal tief durch, schnappt sich dann seine Mütze und lässt sie ein paar Runden auf dem Zeigfinger wirbeln.

Alle am Tisch sehen das Thema Arbeitsplätze offenbar nicht anders, und so sagt der Benedikt, nachdem er eine Weile abwartend in die Runde geschaut hat: »Obwohl Micha vorhin über meinen Hinweis, dass der Bürger den Mainstream im Land unterlaufen kann, recht locker hinweggegangen ist, werde ich doch für eine der nächsten Ausgaben einen ausführlichen Beitrag dazu vorbereiten. Denn ich meine, dass das Unterlaufen

sofort Wirkung zeigt, wogegen ein weltweiter Jugendprotest vermutlich erst allmählich wirken wird.«

Mit »Richtig, Beni!« stimmt ihm sein Physiklehrer
umgehend zu. Und nach kurzem Blick auf seine Armbanduhr meint er: »Ja, Leute, ich glaube wir können
für heute Schluss machen. Ich schlage aber vor, dass wir
uns noch vor den großen Ferien wieder treffen, damit
eure Ferienaktivitäten unsere heutige Arbeit nicht ver-
schütten.«

Keiner von den sieben jungen Zeitungsmachern
spricht sich dagegen aus. Und so steht Weinbauer auf,
verabschiedet sich mit »Ciao, Freunde, und macht's
gut!« und geht zur Theke um zu zahlen.

»Ciao, Rocco!«, ruft ihm das Team nach und wendet sich dann dem bevorstehenden Stadttriathlon zu,
den es wieder als Gruppe bestreiten will.

IV

Ja grüß dich, Karin, heut bist aber früh d'ran!« Mit diesen Worten begrüßt die Münch-Oma die erste Kundin im Hofladen.

»Ja, Josefa, heut bin ich ausnahmsweise gleich nach dem Frühstück losgeradelt, weil wir ab Mittag wieder mit Starkregen rechnen müssen.«

»Leider, Karin«, seufzt die alte Münch und klagt: »Du, ich kann das Wort Starkregen schon nicht mehr hören. Früher sagten wir dazu Wolkenbruch oder Platzregen; und das hat dann, wenn es hoch herkam, vielleicht eine Viertelstunde gedauert. Aber in diesem Jahr geht das ja manchmal den ganzen Tag so, und dann liegen wir auch schon wieder auf der Lauer und schauen zur Ach hinüber, ob sie nicht überläuft. Und deshalb, Karin, werden wir unseren Sandsäckedamm vor dem Herbst auch nicht abtragen.«

»Ja, ganz schlimm ist das heuer, überall gibt es Rekordhochwasser und Schäden, wie es sie noch nie gegeben hat. Und trotzdem, Josefa, gibt es ein paar Idioten, die keinen Klimawandel sehen wollen und die steigenden Temperaturen als Normalereignis abtun. – Unser Nachbar, der Renz Heinrich, ist so einer. Dabei schimpft er jetzt schon seit Wochen, dass er noch nie so viele Tage ohne Sonne erlebt hat, und auch noch nie so mächtige und bedrohliche Wolken zu sehen waren. Er ist ja ein Sonnenanbeter, und so hat er erst gestern zu mir gesagt, dass er sich, wenn das so weiter geht, nun doch einmal überwinden und mit seiner Frau wenigstens für ein paar Tage in den Süden fliegen wird, auch wenn er vor dem Fliegen mords Schiss hat.«

»Und dann sorgt auch dein Nachbar dafür«, knurrt Josefa Münch, »dass unser Klima immer weiter abstürzt!«

»Du, dabei ist der Renz noch dazu einer von den Typen, die keinen Meter zu Fuß gehen. Der bringt es doch glatt fertig und fährt mit seinem Caravan, der bestimmt zwölf Liter verbraucht, zum Zigarettenautomaten in der nächsten Straße.«

»Ja, es ist ein Elend mit den Leuten«, seufzt die Münch-Oma neuerlich auf. »Gott sei Dank, Karin, kommen wenigstens unsere Kunden, seitdem wir die Radlermarke haben, immer häufiger mit dem Fahrrad zu uns heraus. – Du, da muss ich dir doch gleich die neue Marke zeigen, für die mein Anton und der Beni letzte Woche die Form gemacht haben. Ich hab zwar erst einen Probeabguss, aber sie sieht auf jeden Fall ganz toll aus.«

Josefa zieht eine Schublade auf, holt eine hell blinkende Marke heraus und reicht sie Karin über die Theke.

»Herrgott, Josefa, die schaut ja super aus! Euer Hof ist gut zu erkennen, sogar die Bäume am Haus und die Sonne darüber, die heuer leider so selten scheint. Also, ich bin ganz weg, Josefa! Heut krieg ich die aber wohl noch nicht, oder?«

»Nein, leider nicht, Karin. Der Anton und der Beni wollen noch ein paar Kleinigkeiten an der Form korrigieren und an der Gießvorrichtung muss auch noch einiges gemacht werden.«

»Du, Josefa, wie ich das letzte Mal mit meiner Schwester im Schwäbischen telefoniert habe, habe ich ihr von eurer Radler-Rabattmarke erzählt. Sie arbeitet ja als Aushilfskraft in einem Hofladen wie der eure, und sie hat gemeint, dass sie das unbedingt weitergeben muss. Sie fand es einfach toll, dass der die Umwelt schonende Kunde eine Rabattmarke im Wert von fünfzig Cent erhält, wenn sein Einkauf zehn Euro übersteigt, und dass dies natürlich auch für jeden weiteren Zehner auf der Rechnung gilt. Sie hat übrigens auch gleich erkannt, dass man mit den Marken die Kunden bindet, weil sie ja erst beim nächsten Einkauf verrechnet werden.«

»Du, das würde uns alle freuen, wenn sich diese Idee verbreiten würde. Aber jetzt, Karin, will ich dich nicht mehr länger aufhalten. Übrigens, von den Gala-Äpfeln aus dem letzten Jahr sind nur wenige da. Wenn du vielleicht noch einmal Apfelstrudel machen möchtest, dann nimmst du am besten heute welche mit.«

»Du, das mach ich. Aber sag, wie schaut es denn heuer mit dem Obst aus? In der Zeitung hab ich erst kürzlich gelesen, dass sich die Obstbauern große Sorgen machen.«

»Wir auch, Karin. Der viele Regen hat die Bienen in ihren Stöcken zurückgehalten und hat sie krank gemacht. Der Hierl Xaver, der seine Völker seit Jahrzehnten auf unseren Obstbaumwiesen stehen hat, sagt, dass es noch nie so schlimm war. Er meint, dass wir heuer höchstens mit dem halben Ertrag rechnen können. – Ach, bevor ich es vergesse, Karin, ab dem Herbst können wir auch liefern. Wenn dir das Wetter also wieder einmal zu schlecht ist, rufst du einfach bei uns an, gibst deine Bestellung durch und der Anton bringt dir die Waren noch am gleichen Abend. Übrigens, er wird mit einem Lieferwagen mit Elektroantrieb kommen … Du, was sagst jetzt dazu, Karin?«

»Das ist super, total super, Josefa! G'rad heuer ist es mir wegen der grässlichen dunklen Wolken oft schwer gefallen, zu euch heraus zu radeln. Ja, und einmal bin ich so was von nass geworden, bis auf die Haut, Josefa, weil ich den Regenumhang nicht dabei hatte.«

»Das muss dir also demnächst nicht mehr passieren, Karin. Du, der Lieferdienst ist eine Idee vom Beni. Vor ein paar Monaten hat er zum Bastian gesagt, dass es ein Unding ist, dass trotz der Radlermarke immer noch viele Leute mit dem Auto zu uns herauskommen. Biologische und regionale Produkte bei uns einkaufen, ist ja eine gute Sache; das aber mit den Abgasschleudern zu erledigen, ist geradezu hirnrissig, hat er gemeint. Und so hat er vorgeschlagen, dass wir uns ein E-Mobil zulegen und ab zwanzig Euro Einkaufssumme kostenlos liefern sollten.«

»Ja, euer Beni, der wird einmal ein ganz Großer, mindestens unser Bürgermeister, Josefa. Ich hab ihn ja erst vor ein paar Wochen bei der Bürgerversammlung erlebt. Großartig, wie er geredet hat! Kurz, und kein Wort zu viel, Josefa. Deshalb haben ihn auch alle verstanden und die Leute haben applaudiert, wie ich es in unserer Stadthalle noch nicht erlebt habe.«

Die Münch-Oma sagt nichts dazu. Ihr strahlendes Gesicht sagt aber mehr als viele Worte. Sie nimmt eine große Papiertüte und legt die gelbroten Gala-Äpfel vorsichtig hinein.

V

Martin Münch geht nach der Neun-Uhr-Messe in der Kirche von Achhofen noch auf das Grab von seiner Frau. In Gedanken sagt er ihr dort, wie sehr sie ihm fehlt und dass er sie nie vergessen wird. Bei jedem Grabbesuch sagt er ihr aber auch, wie sehr er sich über die Nichte Lucia und den Neffen Benedikt freut. Er zupft noch welke Blätter von den Blumen am Grab, verabschiedet sich dann mit »Pfüat dich, Hanni!« und verlässt den Friedhof durch den Seitenausgang.

Auf dem Weg zum Fahrradständer sagt er sich, dass er eigentlich wieder einmal zum Frühschoppen in den Gasthof »Stern« gehen könnte.

In Gaststube entscheidet er sich für den Tisch, an dem der Zimmerer Johann Strobl und der Betriebsleiter vom örtlichen Baywa-Markt mit den Austraglern der zwei letzten bäuerlichen Vollerwerbsbetriebe in Achhofen zusammensitzen. Er begrüßt die vier mit »Grüß euch, zusammen« und setzt sich neben den Strobl Johann.

»Bei der Gemeinderatssitzung vorige Woche hab ich dich nicht gesehen«, sagt der Johann zu ihm, noch bevor er dazu kommt, der Bedienung zu winken, die ihn nicht bemerkt hatte.

»Du, ich konnte nicht kommen, weil ich mit dem ICE nach Hamburg unterwegs war.«

»Da hast du aber echt was versäumt, Martin. Denn so zugegangen ist es in unserem Rathaus schon viele Jahre nicht mehr.«

»Wieso?«

»Der Bürgermeister hat in groben Zügen vorgetragen, was bei den entsprechenden Stellen unserer Landesregierung in Sachen Hochwasserschutz für Achhofen so diskutiert wird beziehungsweise angedacht ist.«

»Und das hat für Trubel gesorgt?«

»Und wie, Martin!«, sagt der Thomas vom Mooshof. »Grad, dass es nicht zu Handgreiflichkeiten zwischen den Gemeinderäten und ein paar Besuchern gekommen ist.«

»Ja sag! Aber wieso denn, Thomas?«

»Wegen der Kosten, die auf die Gemeinde zukommen.«

»Echt? – Aber soweit ich weiß, wird die gleich nach dem Hochwasser angepeilte Flutmulde und auch ein Entlastungskanal mit etwa siebzig Prozent bezuschusst.«

»So ist es, Martin. Die verbleibenden dreißig Prozent will aber die Hälfte der Gemeinderäte nicht locker machen, die wollen endlich die Mehrzweckhalle neben der alten Schule bauen. Und deren Wortführer, der Vorsitzende vom Sportverein, der Gruber Sepp, und der Bauunternehmer Holzer meinen, dass wir so ein Hochwasser wie heuer die nächsten hundert Jahre nicht mehr haben werden.«

»Ja sag! – Und, Thomas, wie kommen sie zu dieser gewagten Annahme?«

»Ein Meteorologe und Klimaforscher aus dem Frankenland hat ihnen das eingeflüstert.«

»Ach, das ist wohl der, der dauernd von sich gibt, dass man von einem Klimawandel eigentlich nicht reden kann.«

»Genau der ist es, Martin!«

Der Baywa-Chef Rainer Hecht kippt sein Weißbierglas einmal missmutig vor und zurück, beugt sich dann ein Stück über die Tischplatte und sagt in Richtung Martin: »In den Zwist spielt meiner Meinung nach aber auch hinein, dass die Gegner der Sicherungsmaßnahmen ihre Häuser und ihren Besitz außerhalb der Gefahrenzone liegen haben.«

»Genau!«, knurrt der Greiner Franz vom Kapplhof und lässt dann ärgerlich heraus: »Das Hochwasser hat, so wie es derzeit ausschaut, auch die Solidarität, die im Dorf bis dahin durchaus zu spüren war, mit sich fortgerissen. Dabei haben fast alle Achhofener während des Hochwassers einen Tag lang schwer gerackert und gekämpft, um die Überflutung des Dorfes möglichst klein zu halten.«

»Ja, es ist manchmal ein Kreuz mit den Leuten«, sagt der Rainer und lehnt sich wieder zurück. »Sie vergessen schnell und sehen das Unglück erst, wenn es schon da ist. Diejenigen allerdings, die das erste große Hochwasser in unserer Gemarkung schwer getroffen hat, sind angesichts des gespaltenen Gemeinderats in Panik, weil ihnen ein neuerliches Hochwasser das Kreuz brechen würde. Und, Martin«, er beugt sich wieder nach vorne, »da hat doch glatt einer von denen, die es mit am schwersten erwischt hat, gegen Ende der Sitzung stocknarrisch gerufen: ›Ich kann doch mein Haus nicht auf Pfähle stellen, nur weil ihr Deppen den Hochwassersicherungsmaßnahmen nicht zustimmen wollt!‹«

Der Zimmerer Stobl lehnt sich zurück, verschränkt die Hände hinter dem Kopf und meint lapidar: »Wenn die Menschheit so weiter macht, dann wird sie in manchen Regionen früher oder später tatsächlich Pfahlbauten brauchen.«

»Unter anderem, weil die Mehrheit auch kurze Wege mit dem Auto zurücklegt. Zu unserem Hofladen kommen zwar inzwischen immer mehr Achhofener mit dem Fahrrad, aber in die Stadt fahren sie dann doch lieber mit dem Auto.«

»Das kannst du aber auch nicht verlangen, Martin, dass zum Beispiel ein älterer Mensch drei Kilometer in die Stadt radelt, um dann mit vollem Einkaufskorb, und am Ende auch noch bei Regen, wieder zurückzufahren.«

»Das ist schon klar, Rainer. Und deshalb müssen wir endlich dazu kommen, dass die Routen des Stadtbusses bis in die umliegenden Dörfer verlängert werden.«

»Und da sind wir halt wieder bei den Kosten«, stellt der Thomas missmutig fest und fügt hinzu: »Fast die gleichen Leute, die gegen die Hochwassersicherung sind, sind auch gegen die Kosten, die bei der Anbindung von Achhofen an den Stadtbus entstehen.«

»Ja, es ist ein Kreuz mit den Leuten«, seufzt der Hecht Rainer wieder, trinkt sein Bier aus und stellt dann das Glas ziemlich heftig auf den Tisch zurück. »In Simbach, das habt ihr ja bestimmt mitbekommen, wo das Hochwasser noch schlimmer war, haben sie schon ein paar Tage danach angefangen, das Bett vom Bach, der mitten durch den Ort fließt, gewaltig zu vergrößern. Dort gab es kein langes Hin und Her.«

Der Greiner fasst sein Weißbierglas am Fuß, schiebt es im Kreis herum und sinniert vor sich hin: »Man darf ja gar nicht daran denken, was passiert – ich will den Teufel bestimmt nicht an die Wand malen –, wenn uns vielleicht schon im nächsten Jahr wieder eine Starkregenwoge trifft.«

»Dann gibt es Mord und Totschlag in Achhofen«, sagt der Strobl Johann und versucht ein Grinsen.

Der Martin fährt sich mit beiden Händen übers Haar und meint: »So weit wird es hoffentlich nicht kommen. Aber auf jeden Fall müssen wir darauf gefasst sein, dass immer mehr Klimaflüchtlinge nach Europa, vor allem aber zu uns drängen.«

Mit »Das wird so kommen« stimmt ihm der Baywa-Chef zu. Und nach einem abgrundtiefen Seufzer meint er: »Die strömen auch deswegen zu uns, weil sie der Meinung sind, dass nicht zuletzt wir Deutschen am Klimaproblem schuld sind. Und wenn die Flüchtlinge bei uns sind, dann dauert es nicht lange, bis sie das gleiche Leben führen wie wir, und somit den Klimawandel auch noch beschleunigen.«

»Und dann beißt sich die Katze wieder einmal in den Schwanz«, ächzt der Greiner. Er trommelt daraufhin eine Weile mit den Fingern der rechten Hand gedankenverloren auf dem Tisch herum und befindet schließlich düster: »Die Welt läuft seit längerem verkehrt, Männer, und wir bringen es einfach nicht fertig, unseren Kurs zu ändern.«

»Weil wir uneins sind, ganz so, wie die Achhofener beim Hochwasserschutz!«, knurrt der Mooshofbauer und schaut verdrossen in die Runde.

»Recht hast, Thomas, das ist unser Problem.« Martin Münch fasst nach diesem Schulterschluss sein Weißbierglas am Fuß, dreht es einmal nach links und nach rechts und sagt dann: »Wobei ich allerdings meine, dass die Mehrzahl der Bürger eine Richtungsänderung mitmachen würde, aber nicht wenige in unserer Oberschicht wollen den Karren partout so weiter laufen lassen wie bisher.«

»Bis er mit Achsbruch liegen bleibt«, orakelt der Rainer. Und nach einem heftigen Schnaufer lässt er noch heraus: »Oder bis er über kurz oder lang im Hochwasser versinkt.«

»Da redet genau der Richtige!« Der Strobl Johann dreht sich zum Rainer hin und schickt missmutig hinterher: »Euer oberster Boss will doch auf Teufel komm raus aus der Baywa einen Globalplayer machen! Der will noch mehr Waren um den Globus rauschen lassen; und so wird deine Baywa in Zukunft die Weltmeere und die Atmosphäre noch stärker belasten, als sie das heute schon tut.«

Der Rainer ruckt herum und knurrt: »Du, mir passt das überhaupt nicht, was dieser Typ seit einiger Zeit in die Wege leitet! Wie viele Manager glaubt er offenbar, dass sich nur ein wachsendes Unternehmen über Wasser halten kann, dass vor allem Wachstum die Baywa fit für die Zukunft macht.«

Der Strobl dreht sich wieder zurück und sagt nach einem Seufzer: »Ja, es ist ein Elend mit dem Wachstum und der Globalisierung … und mit unserer Merkel, die stur meint, dass es dazu keine Alternativen gibt. Dabei müsste doch gerade sie, *sie*, die gelernte Physikerin, am besten wissen, dass beides, wenn man überzieht, ganz schnell ins Negative kippt.«

46

»Die Merkel verkommt doch immer mehr zu einer Marionette, Johann!« Der Greiner Franz knallt seine Schnupftabakdose auf den Tisch und erklärt: »Die hängt doch an fünf oder sechs Fäden, die die stärksten Kräfte in unserer Wirtschaft und auf der Kapitalseite in Händen halten.«

Nur ein paar Augenblicke nach dieser Einschätzung beginnt der Rainer lauthals zu lachen. Die vier anderen schauen ihn irritiert an, und dann versetzt ihm der Zimmerer Strobl auch schon einen Stoß mit der Faust und knurrt: »Was gibt's jetzt da zu lachen, Mann?!«

»Ich … ich hab mir gerade vorgestellt, wie das … das ist, wenn … wenn die Merkel an Fäden hängt und wie schwer es ihr da fällt, ihre Hände gefaltet nach unten zu halten, wie … wie es ihr Hände immer wieder nach oben reißt, und dass das dann … dann so ausschaut als … als ob sie unseren Herrgott bitten würde, dass … dass er … er ihr doch aus ihrer misslichen Lage heraushelfen möge.«

Der Zimmerer schaut einen Moment lang verdutzt d'rein und beginnt dann schallend zu lachen. Im nächsten Augenblick lacht auch schon der ganze Tisch derart laut, sodass sich weder die Bedienung Kunigunde noch die übrigen Gäste darüber wundern würden, wenn sich Teile der jahrhundertealten Kassettendecke lösen und auf die fünf herabstürzen.

Der Thomas kann als Erster seinen Lachanfall stoppen und sagt nach einer Weile keuchend: »Leider kann man inzwischen wirklich nicht mehr übersehen, dass unser Oberhaupt hörig ist, und eigentlich ist das absolut kein Grund zum Lachen. Aber das Bild, Rainer, dass du da vor Augen hattest, trifft die Realität nur zu gut, und darüber einmal galgenhumorig lachen, hilft uns zumindest eine Zeit lang darüber hinweg.«

»Aber eben nur eine Zeit lang«, sagt der Greiner, »und dann hat dich die Realität wieder fest im Griff. Und so stinkt es mir schön langsam ganz gewaltig, dass unser Land kaum mehr von den von uns gewählten Volksvertretern regiert wird, sondern von den oberen Zehntausend. Und noch einen Tick gewaltiger stinkt mir, dass wir im Grunde nichts dagegen machen können.«

»Du, Franz, ich setz inzwischen fast alle meine Hoffnungen auf unsere Jugend. Ich habe nämlich den Eindruck, dass sich die jungen Leute heute viel weniger als noch vor ein paar Jahren vom Mainstream leiten lassen.« Der Thomas vom Mooshof trinkt nach diesem Statement erst einmal sein Bier aus, lässt sich dann in die Rückenlehne fallen und fährt fort: »So haben doch auch unsere Söhne schon längst die eingefahrenen Gleise verlassen. Sie haben unsere Höfe nicht vergrößert und führen sie noch umweltfreundlicher, als wir zwei das getan haben. Sie arbeiten und produzieren inzwischen vollbiologisch, und ihr Viehbestand muss nicht mehr nur leisten, sondern darf leben. Sie haben den Energieeinsatz deutlich reduziert und haben darüber hinaus Photovoltaik und Sonnenkollektoren auf den Dächern, die dafür sorgen, dass sie heute fast energieautark sind. Und, Franz, der Johann sagt doch auch immer wieder, dass er sich heute keine Sorgen mehr um den Nachwuchs machen muss. Die jungen Leute setzen wieder auf das Handwerk, auf handfestes Arbeiten, wollen an einem Produkt, an einer Leistung von A bis Z beteiligt sein. Und ich habe überhaupt den Eindruck, dass die Zukunft vor allem der Mittelstand tragen wird, dass die großen Unternehmen, der Gigantismus und die Globalisierung – Gott sei's gedankt – an Boden verlieren, dass unser Land und die Welt in Richtung Nachhaltigkeit und Zukunftsfähigkeit marschiert. Und so bin ich mir auch ziemlich sicher, dass die Zukunft den kleinen Einheiten gehört, regionale Strukturen das Rückgrat unseres Landes bilden werden, und dann die Regierenden nicht mehr einer kleinen Schicht von Wirtschaftsmächtigen ausgeliefert sein werden.«

»Mann, Thomas, das war jetzt fast eine Bergpredigt!«, sagt da schwer beeindruckt der Greiner und angelt sich seine Schnupftabakdose. Nach einer satten Prise dreht er sich zum Baywa-Mann hin und sagt ein wenig spöttisch: »Na, Rainer, was sagst jetzt du zur kleinräumigen Zukunft? Euer Supermann kutschiert doch exakt in die andere Richtung.«

»Herrgott, Franz, ich hab doch vorhin schon gesagt, dass mir seine Linie schwer gegen den Strich geht! Und so meine auch ich, dass unsere Entwicklung etwa so laufen muss, wie es der Thomas gerade angedeutet hat. Wir müssen unabhängiger werden, und das nicht nur bei der Energie, sondern unser ganzes Leben und unser Land muss von mehr Selbstständigkeit beziehungsweise weniger Abhängigkeit getragen werden. Auf jeden Fall müssen wir es irgendwie schaffen, dass in Zukunft nicht mehr ein paar Wirtschaftmächtige und die großen Kapitaleigner die Richtung des Landes und somit unser aller Leben bestimmen.«

»Damit tun wir uns aber verdammt schwer, Rainer«, seufzt der Martin und klagt dann: »Unser Volk lässt sich doch seit Jahrzehnten von dieser Schicht verschaukeln, aus Bequemlichkeit, ja geradezu aus einer Untertanenhaltung heraus; und so wählen sie auch Jahr für Jahr wieder diejenigen Politiker, die dieser Schicht in den Kram passen. Aber wie der Thomas, Männer, hoffe auch ich auf unsere Jugend. Mein Neffe zum Beispiel, obwohl er erst fünfzehn ist, will nicht mehr länger hinnehmen, dass unser Land und die Welt weiterhin auf einem Kurs bleiben, der uns auf einen Abgrund zutreiben lässt. Seit zwei Jahren arbeitet er im Team der Jugendzeitung Revolte mit, und diese jungen Leute, so wie ich ihn erst vor ein paar Tagen verstanden habe, wollen jetzt sogar eine umfangreiche Protestnote ins Internet setzen. Ihr Protest im Internet wird sich vor allem gegen das Wirken der Wirtschafts- und Kapitalmächtigen auf dem ganzen Globus richten, und auch dagegen, dass diese Leute der Jugend kein Gehör schenken und deren Zukunft gravierend gefährden.«

»Ja da verreckst!«, bricht es da aus dem Greiner heraus, und dann braucht der Austragsbauer auch schon eine zweite Prise Schnupftabak.

Und der Strobl meint nach einem ordentlichen Schluck Bier: »Ja, die haben keinen Schiss, die trau'n sich wirklich was. Unser alter Lehrer Remesch hat mir schon ein paar Mal eine Ausgabe von dieser Zeitung gegeben, und ich staune immer wieder aufs Neue, wie rebellisch, aber auch wie fundiert und ernsthaft sie schreiben. Übrigens, diese jungen Redakteure bringen mich wieder darauf, dass es Zeit wird, das Wahlalter auf sechzehn herunterzusetzen. Die heutige Jugend ist doch so was von clever, und deshalb ist es schlicht und einfach unredlich, wenn ein Teil unserer etablierten Politiker sagt, dass sie mit sechzehn noch nicht reif für die Teilnahme an Wahlen ist.«

»Das ist wirklich hirnrissig!«, wütet der Rainer los. »Diese Politiker erwarten auf der einen Seite von unseren Jugendlichen, dass nahezu alle in anspruchsvolle Berufe hineinwachsen, und trauen ihnen auf der anderen Seite nicht zu, überzeugt und mit Verstand zu wählen.«

»Also ich bin diesbezüglich ja der Meinung«, sagt der Martin grimmig, »dass dieser Politikertyp davon ausgeht beziehungsweise schwer damit rechnet, dass der Mensch, sobald er im Berufsleben steht, dem Einfluss der wirklich Mächtigen in unserem Land weitgehend erlegen ist und seine Stimme bei Wahlen nicht mehr so unbeeinflusst abgibt, wie er das als Jugendlicher getan hätte.«

»Ich sehe das ganz ähnlich, Martin.« Der Strobl Johann kippt sein Weißbierglas ein paar Mal missmutig vor und zurück und schimpft dann: »Manchmal stinkt mir das alles dermaßen, sodass mir schier das Messer in der Tasche aufgeht! – Ja, und was tust du dann? Du klappst das Messer zu, gehst zu deinen Maschinen und lässt sie mit Höchstgeschwindigkeit laufen, sodass die Späne nur so fliegen.«

»Ja, so ist es leider.« Der Baywa-Chef wischt mit der rechten Hand über den Tisch und meint dann noch: »Wenn du im Berufsleben stehst, das Haus abzahlen und deine Kinder versorgen musst, dann ist dir nicht mehr nach Revolution. Und deshalb, Männer, sollten wir jetzt darauf anstoßen, dass es wenigstens unsere Jugend früher oder später irgendwie schafft, dass die Weichen bei uns und weltweit umgestellt werden.«

VI

In der einsam gelegenen und nahezu hundert Jahre alten Villa Recce in der südlichen Campania steht der junge Antonio Ortenga am vergitterten Wohnzimmerfenster und beobachtet das wild bewegte Meer und die Gischt, die von der etwa fünf Meter hohen Felsenküste bis in den Vorgarten der Villa geschleudert wird. In der vergangenen Nacht ist ganz überraschend ein Sturm losgebrochen, der laut Wetterbericht erst im Verlauf des nächsten Tages abflauen wird.

Die Villa kann nur vom Meer aus eingesehen werden. Abseits vom Meer wird sie von einem etwa zehn Hektar großen Kiefernhain abgeschirmt.

Ohne sich umzudrehen, sagt der neunzehnjährige Antonio nach einer Weile: »Onkel Alessandro, heute früh habe ich im Internet eine Protestnote entdeckt, die offenbar deutsche Jugendliche initiiert haben.«

»So, so«, gibt der nur von sich und liest im Wirtschaftsteil der la Repubblica weiter.

Antonio dreht sich um, geht zum Tisch an dem der Onkel aus Chikago sitzt, setzt sich ihm gegenüber in einen der mit dunkelbraunen Leder bezogenen Sessel und sagt: »Du, Alessandro, das sollte dich aber schon interessieren, denn die Headline über dem recht umfangreichen Text lautet nämlich: ›Ihr Großen und Mächtigen, Ihr bereitet uns eine graue Zukunft!‹«

»So, so.« Im nächsten Augenblick schaut der Onkel hoch, lässt die Zeitung in den Schoß fallen und fragt:

»*Was* schreiben sie?!«

»›Ihr Großen und Mächtigen, Ihr bereitet uns eine graue Zukunft!‹ – Und, Alessandro, soweit ich bisher feststellen konnte, hat sich diese Protestnote möglicherweise schon um die halbe Welt verbreitet, denn ich habe sie auch in englisch, französisch und in einer asiatisch anmutenden Sprache gefunden.«

»Ja, okay, so etwas kann man ins Internet stellen. Dort findet sich ja viel, was ohne Bedeutung ist. Das Internet, Antonio, ist ja inzwischen zur Müllhalde der modernen Welt verkommen.«

»Das stimmt, Alessandro. Aber der Text hat es wirklich in sich, und vielleicht sollte ich dir ein paar Anklagepunkte vortragen, die unter die Headline gestellt sind.«

»Okay Antonio, leg los!«

»Also, Alessandro, der gewichtigste scheint mir folgender zu sein: ›Ihr Großen und Mächtigen, Ihr haltet ein Wirtschaften in Gang, das immer mehr Menschen ins Elend stürzt und uns einen Berg von Problemen hinterlassen wird!‹ Und fast schon gefährlich klingt, Alessandro: ›Ihr Großen und Mächtigen, wir werden vor Euren Burgen so lange demonstrieren, bis ihr einen von Gerechtigkeit und Nachhaltigkeit geprägten Kurs mitgeht!‹«

Alessandro trinkt einen Schluck Campari und sagt dann amüsiert: »Junge Leute halt, Antonio. Aber gut, lass doch diese Vorhaltungen erst einmal durch den Drucker rauschen; nach dem Abendessen könnten wir sie uns dann mit deinen Eltern und deiner Schwester in aller Ruhe zu Gemüte führen. Ich muss in einer halben

Stunde nach Agropoli fahren, weil ich mich dort mit einigen von unseren Freunden treffen will. Bis achtzehn Uhr wäre ich aber ganz sicher wieder zurück.«

»Gut, das mach ich, Onkel!«

Gegen einundzwanzig Uhr räumt in der Villa Recce der libanesische Hausdiener den Tisch ab und Antonio legt ein paar Scheide Kiefernholz auf die Glut im offenen Kamin. Er holt dann von einer Anrichte ein Blatt Papier und setzt sich wieder zu seiner Schwester Marissa.

Onkel Alessandro trinkt den Rest Rotwein in seinem Glas, rückt dann ein Stück vom Tisch weg, räuspert sich noch kurz und sagt schließlich zu seinem Bruder: »Massimo, dein Sohn hat eine Nachricht für uns.«

»Von wem?«

»So wie ich Antonio heute Vormittag verstanden habe, wurde sie in Deutschland auf den Weg gebracht.«

»Und, was will man von uns, Antonio?«, fragt sein Vater ein wenig unwirsch.

»Von uns direkt eigentlich nichts, Papa. Aber der Text, auf den ich heute früh im Internet gestoßen bin, ist letztlich auch auf uns gemünzt.«

»Herrgott, Tonio, spann mich nicht auf die Folter!«

Antonio berichtet also in geraffter Form, was er im Internet entdeckt hat. Als er mit den zwei Ansagen schließt, die ihm am bedeutsamsten erscheinen, schüttelt sein Vater missmutig den Kopf und knurrt: »Mann, Antonio, dass du uns mit so etwas kommst, das tangiert doch *uns* nicht, das ist doch etwas für den Papierkorb!«

Nun schüttelt aber Massimos Frau Cristina den Kopf und meint nach kurzem Überlegen: »Massimo, ich kann das nicht so leicht vom Tisch wischen, irgendwie klingt das recht ernst, also keinesfalls so, wie das Lamentieren von unseren jungen Leuten hier unten im Süden.«

»Ach was! Im Internet toben sich doch zu neunundneunzig Prozent Wichtigtuer und Gestörte aus!«

Marissa Ortenga angelt sich den Internetausdruck und liest rasch darüber hinweg. Sie fährt sich dann mit beiden Händen durch ihr halblanges schwarzes Haar und meint mit belegter Stimme: »Du, Papa, ich habe auch das Gefühl, dass das eine ernste Sache ist.« Und nach einmal tief Luft holen, sagt sie: »In Deutschland gab es doch schon einmal eine ganze Gruppe, deren Aufbegehren am Ende viele Tote gefordert hat.«

»Die Baader-Meinhof-Bande«, sagt der Onkel und füllt sich Rotwein nach.

»Herrgott, Marissa«, ihr Vater schlägt mit der rechten Hand missmutig auf den Tisch, »du glaubst doch nicht im Ernst, dass sich die verwöhnte und angepasste deutsche Jugend mit irgendjemand anlegen wird!«

»Du, Papa, im Internet ist klar erkennbar, dass sich diesem Protest inzwischen Jugendliche in aller Welt angeschlossen haben. Und ohne Zweifel wollen die jungen Leute nicht mit Gewalt vorgehen, sondern wollen diesen weltumspannenden Protest solange unter Feuer halten, bis die Mächtigen dieser Erde einen zukunftsfähigen Kurs einschlagen.«

Massimo Ortenga ruckt hoch und sagt äußerst ungehalten zu seinem Sohn – er will sich offenkundig den Abend nicht vermiesen lassen: »Die heutige Jugend hat doch keinen Mumm und kein Durchstehvermögen, die flüchtet doch viel lieber, als dass sie gegen Missstände in ihrer Heimat und in der Welt antritt!«

»Papa, die meisten, die du meinst, flüchten vor Krieg und Unterdrückung! Die jungen Leute aber, die den Protest im Internet tragen, möchten verhindern, dass die Treiber und Nutznießer des überzogenen und rücksichtslosen Wirtschaftens, das in weiten Teilen der Welt im Gange ist, ihre Zukunft gravierend gefährden.«

»Dieses Wirtschaften geht aber doch nicht von uns aus, Tonio!«

Cristina Ortenga legt ihre rechte Hand auf den linken Unterarm ihres Mannes und sagt in besänftigendem Tonfall: »Nach Sichtweise dieser jungen Menschen vielleicht schon, Massimo.«

Der dreht sich daraufhin zu seinem Bruder hin und knurrt: »Was sagst jetzt du zu unserer seltsamen Abendveranstaltung?«

»Du, ich weiß nicht so recht, wie ich diese Protestnote einordnen soll. Als mich Tonio heute Vormittag damit überrascht hat, dachte ich erst einmal, dass sich ein paar Jugendliche nur langweilen. Nachdem ich aber die ausgedruckten Anklagepunkte sorgfältig gelesen hatte, sie mir auch noch eine Zeit lang durch den Kopf gehen ließ, war ich mir ziemlich sicher, dass man das als einen ernst zu nehmenden Aufschrei werten muss.«

»Gerichtet an die Adresse der *Treiber und Nutznießer des überzogenen und rücksichtslosen Wirtschaftens in weiten Teilen der Welt*, meinst du?«

»Ja, Massimo.«

»Und jetzt sag bloß noch, Alessandro, dass auch du uns den Treibern und Nutznießern dieses Wirtschaftens zuordnest!«

»Nun, Massimo, ich sag jetzt erst einmal wie Cristina, dass uns die jungen Leute, die die Protestnote in die Welt gesetzt haben, dieser Gesellschaftsschicht wohl zurechnen werden. Allerdings muss ich gestehen, dass das für mich im Grunde ein neuer und überraschender Gedanke ist.«

»Und ein absolut unnötiger noch dazu!«

Massimo Ortenga lässt sich in die Rückenlehne fallen, verschränkt die Arme vor der Brust und sagt nach einer Weile: »Wie soll es den anders laufen, Bruderherz? Der Weg, den die moderne Welt schon vor langer Zeit eingeschlagen hat, ist doch nicht willkürlich gewählt worden, sondern ist das Ergebnis von Notwendigkeiten, die sich immer wieder eingestellt haben.«

»Die jungen Leute im Internet, Massimo, sind aber offenbar der Ansicht, und ich kann das recht gut verstehen, dass man auf diesem Weg gedankenlos und ohne Rücksicht auf Verluste weitermarschiert; und sie sehen die Treiber dort in der Oberschicht und meinen, dass sie von diesen ins Verderben geführt werden.«

»Herrgott, Cristina, wie kannst du nur solchen Nörglern die Stange halten?! Schau dich doch nur hier im Süden um, meine Teure, wir müssen unsere Wirtschaft ankurbeln, dürfen sie keinesfalls abbremsen. Denn wir, Cristina, haben es vor allem mit einer viel zu hohen Arbeitslosigkeit zu tun.«

»Weil sich die Wirtschaft aus einer ganzen Reihe von Gründen vor allem im Norden angesiedelt hat … und … und das nicht zuletzt wegen der Mafia. Allerdings, Papa, werden im Norden«, fährt Marissa Ortenga engagiert fort, »Arbeiter und Angestellte inzwischen ganz verbreitet überlastet, ja verschlissen, wogegen bei uns die Masse zwar nur mit Mühe und zum Teil auf Selbstversorgungsbasis, aber ohne Herzinfarkt und Burnout-Syndrom über die Runden kommt.«

Weil ihr Vater vor lauter Entrüstung erst einmal kein Wort herausbringt, fügt sie noch hinzu: »Und so fahren unsere Landsleute hier im Süden möglicherweise besser gewappnet in die Zukunft, als das Volk im Norden.«

Mit »Marissa, zuerst einmal, halte dich tunlichst in Sachen Mafia zurück!« fährt sie nun ihr Vater hochgradig verärgert und besorgt zugleich an. Und nach einmal tief Durchatmen lässt er noch kopfschüttelnd heraus: »Und dann, Signorina, wie kannst du nur meinen, dass die Leute hier im Süden einem Zeitabschnitt, den man verschwommen als Zukunft bezeichnet, gelassener entgegen sehen können?«

»Weil die gepuschte Welt im Norden schon heute die ersten gut sichtbaren Risse aufweist, Papa!«

Massimo Ortenga schaut seinen Sohn mit weit aufgerissenen Augen eine Weile fassungslos an, ringt nach Luft und lässt dann seinen Blick geradezu gehetzt zwischen Antonio und Marissa hin und her gehen. Schließlich ächzt er niedergeschlagen: »Was habe ich da nur in die Welt gesetzt? Wozu habe ich euch auf die besten Schulen geschickt? Doch nicht dafür, dass ihr euch einer wehleidigen und unzufriedenen Jugend in Deutschland anschließt!«

Massimo Ortenga rumpelt im nächsten Augenblick mit dem Oberkörper über den Tisch, schnappt sich den Internetausdruck, setzt die Brille auf und überfliegt die knapp zwanzig Zeilen. Seine Miene verfinstert sich dabei zusehends. Nach der letzten Zeile knallt er das Papier wütend auf den Tisch, lässt sich in die Rückenlehne fallen und stößt heraus: »›Ihr Großen und Mächtigen, ihr seid Blutsauger, ihr lebt von der Arbeit der Masse!‹ Herrgott, das steht doch tatsächlich schwarz auf weiß auf diesem Wisch! So eine Unverschämtheit! – Ja, und dann auch das noch: ›Ihr Großen und Mächtigen, ihr unterdrückt die Stimme der Jugend!‹«

Massimo Ortenga fährt sich mit beiden Händen hektisch durchs Haar, atmet einmal tief durch und meint dann empört: »Der Jugend wurde noch zu keiner Zeit so viel Beachtung geschenkt wie heute!«

»Das mag ja sein, Massimo«, sagt seine Frau erneut in besänftigendem Tonfall und streicht ihm dabei zärtlich übers Haar. »Aber, Massimo, vermutlich ist die weltweite Jugend auch noch nie mit so trüben Zukunftsaussichten konfrontiert worden wie heute.«

Ihr Mann schlägt mit der Faust auf den Tisch und poltert: »Sagt einmal, was ist denn heute los?! Beim Frühstück war die Welt noch in schönster Ordnung und … und jetzt präsentiert ihr euch in Weltuntergangsstimmung!« Total irritiert schaut er von seiner Frau zu seinen Kindern und ächzt nach einem schweren Seufzer: »Alessandro, sag doch endlich was!«

Der trinkt erst einmal in aller Ruhe einen Schluck Wein, lehnt sich dann gemächlich zurück und schaut eine Weile gedankenverloren ins Kaminfeuer. Schließlich sagt er: »Nun, Massimo, ich habe ja vorhin schon zu erkennen gegeben, dass mich diese Vorwürfe überrascht haben, dass ich so etwas nicht erwartet hätte. In den Staaten sind rebellierende Jugendliche zwar an der Tagesordnung, aber deren rebellieren ist nach meinem Dafürhalten eine Etage weiter unten angesiedelt. Das da«, er zeigt auf den Internetausdruck, »scheint mir erheblich mehr Tiefe aufzuweisen und hat sich offenbar schon um die halbe Welt verbreitet.«

Alessandro Ortenga setzt sich auf, holt einmal tief Luft und fährt dann mit leicht heiserer Stimme fort: »Und dieser Protest erwischt uns auf dem falschen Fuß, Massimo, weil wir uns in den zurückliegenden Jahrzehnten von unseren Aktivitäten haben gefangen nehmen lassen, weil wir nicht nach links und rechts, und schon gar nicht weit genug nach vorne geschaut haben. Wir …«

Mit »Bravissimo, bravissimo!« und begeistertem Klatschen unterbricht ihn seine Nichte und sagt mutig: »Endlich wird in diesem Haus einmal ausgesprochen, was überfällig ist!«

Ihr Vater schlägt neuerlich mit der rechten Hand auf den Tisch und schimpft: »Marissa, Marissa, du trittst schon wieder schwer daneben! Denn du weißt ganz gut, dass wir immer offen und ehrlich miteinander geredet haben.« Nach einem schweren Schnaufer dreht er sich zu seiner Frau hin und sagt in ruhigerem Tonfall: »So haben wir es doch immer gehalten, oder?«

»Gewiss, Massimo. Nur, mein Guter, wir haben auch so manches einfach nicht angesprochen. Manchmal, um des lieben Friedens willen, manchmal, weil uns der Alltag zu sehr gefordert hat, aber vielleicht auch, wie Alessandro schon sagte, weil wir uns von unseren Geschäften gefangen nehmen ließen. Wir haben uns all die Jahre auf vielen Ebenen enorm engagiert, wir waren tagaus, tagein im Einsatz, und so haben wir die durchaus auch weitreichenden Wirkungen unseres Handelns zumindest zum Teil aus den Augen verloren. Ja, Massimo, wir und unsere Gesellschaftsschicht verlieren zunehmend den Überblick, und so ist es auch kein Wunder«, sie nimmt den Internetausdruck zur Hand, »dass uns so etwas entgegenschlägt.«

Weil jetzt nicht mehr zu übersehen ist, dass ihr Vater vom Jugendprotest nichts mehr hören will, lenkt Marissa das Gespräch in eine etwas andere Richtung. Sie holt tief Luft und sagt: »Papa, unser Papst Franziskus lässt doch auch recht deutlich durchblicken, dass wir unser Handeln überprüfen sollten, dass die Schieflagen, die sich in der Welt eingestellt haben, schnellstmöglich abgebaut werden müssen, dass die allenthalben anzutreffende Ungerechtigkeit nicht mehr länger bestehen bleiben darf. Und er sagt auch, dass unser Leben und Wirken von Nachhaltigkeit geprägt sein muss, dass wir die Schöpfung nicht mit Füßen treten dürfen, dass wir …«

Mit »Herrgott, Marissa!« fährt ihr der Vater in die Rede und wettert: »Der Papst kann leicht so daherreden, der hat keine Unternehmen am Hals, der muss keine Arbeitsplätze erhalten und schon gar nicht das Fundament des Staates sichern! Wir können doch gar nicht anders handeln, Marissa! Wir treiben in einem Strom, der uns kaum Spielräume lässt. Denk doch bloß an unseren Hoch- und Tiefbaubetrieb, mein Herzblatt. Wir können gerade dort den Beschäftigten nicht mehr zukommen lassen, weil das der Konkurrenzkampf nicht zulässt. Und ganz ähnlich verhält es sich auf unseren Weingütern. Herrgott, Leute«, er schaut verzweifelt in die Runde, »warum muss ich in diesem Hause so etwas überhaupt sagen?! Ihr kennt doch unsere Situation genauso gut wie ich!«

Massimo Ortenga fährt sich erneut mit beiden Händen hektisch durchs Haar und lässt sich ziemlich geschafft in die Rückenlehne fallen.

Eine Zeit lang kann man im Esszimmer nur das Knistern und Knacken des Kaminfeuers vernehmen. Schließlich räuspert sich der junge Ortenga und sagt betont vorsichtig: »Wir könnten uns in Zukunft verstärkt um Aufträge im privaten Sektor bemühen; im Bereich Niedrigenergiehaus und Mehrgenerationenhaus zum Beispiel, und könnten uns so dem irren Konkurrenzkampf um die Staatsaufträge und dem daraus resultierenden Druck auf die Löhne entziehen. Und wir würden damit auch auf einen Weg Richtung Nachhaltigkeit und Zukunftsfähigkeit einschwenken.«

»Und wir könnten«, nimmt Marissa diesen Faden auf, »unsere Weingüter Schritt für Schritt in Richtung gehobene Qualität umstellen, und so den Strom durchbrechen, der uns in den letzten Jahren auch auf diesem Gebiet erfasst hat. Weiterhin große Mengen von relativ billigem Wein über viele tausend Kilometer in den osteuropäischen Raum karren, das dürfen wir einfach nicht länger beibehalten. – Und, Papa, wenn nicht einmal die Ortengas versuchen, einen zukunftsfähigen Weg einzuschlagen, wer soll es denn sonst tun?« Die junge Frau schluckt einmal und sagt dann noch: »Ich habe erst kürzlich mit unserem Giuseppe geredet und der meinte, dass er unsere Güter liebend gerne umstellen und viel lieber hohe Qualität produzieren würde.«

Der Senior des Hauses Ortenga schaut ein paar Augenblicke lang fassungslos zwischen seinen Kindern hin und her, fährt dann mit beiden Händen in seinen Haaren herum und sieht im Nu wie ein aufgeschreckter Waldgeist aus. Nach einem schweren Seufzer springt er auf, marschiert zu einem der Fenster und stiert in die Sturmnacht hinaus. Nach einer Weile beginnt er vor sich hin zu murmeln. Schließlich kommt er zum Tisch zurück, lässt sich in den Stuhl fallen und stöhnt – den Blick auf Antonio und Marissa gerichtet: »Ihr und der Papst … ihr Klugscheißer … ihr schrecklichen Klugscheißer, aber … aber ihr habt ja im Grunde Recht … so schrecklich Recht!« Und nach einem neuerlichen Seufzer dreht er sich zu seiner Frau hin und sagt mit müder Stimme: »Ja, Cristina, die drei haben ja so Recht, aber, meine Königin, es wird ein schwerer Kampf werden, wenn wir aus dem Strudel herauskommen wollen, der in den letzten Jahrzehnten die Wirtschaft erfasst hat. Das wird unsere Kräfte möglicherweise übersteigen. – Und, Cristina, was nützt es der Welt und den Benachteiligten auf dem Globus, wenn am Ende nur wir einen zukunftsfähigeren Weg einschlagen, das ist doch nicht einmal so viel wie der berühmte Tropfen auf den heißen Stein. Denn, meine Königin, die wirklich Großen, die letztlich den Lauf der Welt bestimmen, die scheren sich doch den Teufel um den Papst, um meuternde Jugendliche und um das Wohl ihrer Mitmenschen.«

Cristina Hortenga legt ihren rechten Arm um die Schultern ihres Gatten, drückt ihm einen Kuss auf die

Wange und sagt dann: »Mein großer Champion Massimo, auch das ist wahr, und dennoch sehe ich es als unsere Pflicht an, unser Wirken in eine Richtung zu lenken, die den nachwachsenden Generationen gerecht wird. Und, Massimo, Marissa und Tonio werden uns dabei eine erhebliche Stütze sein, das zeichnet sich doch schon eine ganze Zeit lang ab.«

Alessandro Hortenga neigt sich zu seiner Schwägerin hinüber und sagt ganz angetan: »Ihr könnt das schaffen und ihr könntet zu einem leuchtenden Beispiel werden und andere mitreißen. Denn, so gewaltig der Einfluss und die Macht der Leute und Gruppen ganz oben derzeit noch ist, aber – das ist auch im nordamerikanischen Raum deutlich spürbar – deren Phalanx wird brüchig, sie stirbt von innen heraus, und sie ist letztlich auch auf Sand gebaut. Und, Leute, vor allem junge Menschen erkennen immer häufiger den unheilvollen Einfluss dieser Schicht und wollen ihr mit aller Macht an den Karren fahren. Dieses Papier hier weist doch ganz deutlich darauf hin.«

Massimo legt die rechte Hand auf den Unterarm seines Bruders und sagt lächelnd: »Alessandro, du warst schon immer ein hemmungsloser Optimist und du hast nicht selten den Boden unter den Füssen verloren. – Aber, Bruderherz, was gedenkst eigentlich du zu tun, damit die Welt nicht an die Wand fährt?«

Alessandro lehnt sich zurück, legt die rechte Hand auf den Tisch und berichtet dann kühl: »Ich habe im Verlauf der letzten Jahre alle meine Aktien aus dem Bereich Ölindustrie verkauft und bin gerade dabei, mich von Boeing-Aktien zu trennen. Die Erlöse daraus lege ich in Unternehmen an, die nach strengen ethischen Grundsätzen arbeiten. Und, Leute, mein Sohn ist vor einem halben Jahr von der Bank of America zu einer kleinen Bank gewechselt, die insbesondere Menschen, die sich in den Armutszonen dieser Erde eine unabhängige Existenz aufbauen wollen, Kredite gewährt. Und so werde ich dieser Bank demnächst eine größere Summe zukommen lassen und mir noch in diesem Jahr mit meinem Sohn zwei Projekte in Bolivien anschauen, die von seiner Bank unterstützt werden.«

»Super, Onkel Alessandro!« Marissa klatscht wieder begeistert und meint anerkennend: »Das ist doch der perfekte Weg, den Lauf der Welt in eine positive Richtung zu lenken. – Und, was mir vorhin in den Sinn gekommen ist, wir könnten doch die Gruppe deutscher Jugendlicher, von denen der Internetprotest offenbar ausgeht, zu einem Diskussionscamp bei uns einladen; und dazu auch die junge Truppe aus Agropoli, die sich nun schon ein paar Jahre lang für einen rücksichtsvolleren Umgang mit der Natur und für sanften und nachhaltigen Tourismus einsetzt.«

Antonio legt den rechten Arm um die Schultern seiner drei Jahre älteren Schwester, zieht sie an sich heran, drückt ihr einen Kuss auf die Wange und sagt dann enthusiastisch: »Welch eine phantastische Idee! Ja Leute, *wir* müssen anfangen, *wir* im Schulterschluss mit der Jugend in aller Welt!« Etwas außer Atem überlegt er eine Weile, und bevor sein Vater dazu Stellung nehmen kann, sagt er aufgeregt: »Und ich hätte auch schon einen Titel für so ein Camp: ›Jugend kämpft für ihre Zukunft.‹«

»Herrgott, Kinder, jetzt überdreht bitte nicht! Lasst uns in den nächsten Wochen und Monaten erst einmal in aller Ruhe überlegen, welcher erste Schritt realistisch angegangen werden kann.« Massimo Ortenga hält sich die Hand vor den Mund, gähnt anhaltend und sagt dann: »Mich hat dieser Abend überfordert, ich gehe jetzt ins Bett.«

Cristina Ortenga legt ihren rechten Arm um seine Schultern, küsst ihn liebevoll auf die Wange und sagt: »Massimo, ist das nicht wunderbar, die Weltuntergangsstimmung, die du vor einer halben Stunde noch gesehen hast, ist in eine Aufbruchstimmung umgeschlagen.«

VII

Im »Saturn« sitzt wieder das Redaktionsteam der Jugendzeitung Revolte zusammen. Der Lehrer Robert Weinbauer ist mit dabei, nur Michaela Hört fehlt noch, was aber nicht stört, weil zunächst einmal das etwas bescheidene Abschneiden des Teams beim zurückliegenden Stadttriathlon im Vordergrund steht.

»Also, wir hätten doch mindestens die Sparkassler packen müssen«, meint der Reiser Moritz missmutig, »und wären dann wenigstens Dritte in der Mannschaftswertung geworden. Aber Vierte, das ist echt uncool, Freunde!«

»Der Rocco ist schuld!«, knatscht Justus Liebermann. »Gut vier Minuten länger unterwegs sein, als im Vorjahr, das bricht der stärksten Mannschaft das Genick. Da hilft auch die Wahnsinnszeit vom Beni nicht mehr, mit der er nur um ein Haar den Rekord von 2013 verfehlt hat.«

»Ja du musst g'rad reden, du warst doch auch langsamer als im letzten Jahr!«, fährt ihn Simone Kircher mit strafendem Blick an.

»Aber nur um dreiundzwanzig Sekunden, du dünnes Huhn!«

»Also Leute, jetzt macht aber einen Punkt!« Der Lehrer richtet sich alarmiert auf und gibt dann in besänftigendem Tonfall zu bedenken: »Der vierte Platz unter dreizehn Mannschaften ist doch wirklich kein schlechtes Ergebnis und ...«

»Aber auch kein gutes!«, murrt Justus hartnäckig und schickt hinterher: »Wir waren doch noch jedes Mal auf dem Trepperl, Rocco!«

»Herrgott, jetzt muss ich wohl erklären, wie meine schwache Zeit zustande kam.« Robert Weinbauer lehnt sich wieder zurück, trommelt mit den Fingern der rechten Hand eine Weile auf der Tischplatte herum und sagt schließlich: »Also, ich habe im Frühjahr mit meinen Eltern begonnen, ein Haus zu bauen. Wir machen soviel wie nur möglich selbst. Die meisten Arbeiten bin ich natürlich nicht gewöhnt und habe nun eine ziemlich verspannte Muskulatur, die vor allem beim Schwimmen, aber auch auf der Laufstrecke böse zugeschlagen hat.«

»Entschuldigung, Herr Weinbauer!«, stößt da der Justus betroffen heraus und schließt kleinlaut daran an: »Wenn ich das gewusst hätte, Herr Weinbauer, dann hätte ich bestimmt nicht so schwach dahergeredet.«

»Denk dir nichts, Justi. Und nächstes Jahr, wenn wir mit der Bauerei das Gröbste hinter uns haben, dann werde ich alles dransetzen, dass wir wieder ganz vorne landen.«

»Okay, Rocco, und ich helf dir auf deinem Bau. Mein Vater ist ja Maurer, und der hat mir so ziemlich alles beigebracht, was man beim Hausbauen so können muss. Ich kann senkrechte Mauern hochziehen, kann inzwischen auch verputzen und sogar Fliesen legen.«

»Deine senkrechten Mauern möchte ich einmal sehen!«, ätzt der Moritz und versetzt ihm einen Stoß mit dem rechten Ellenbogen.

Der Lehrer dagegen meint recht angetan: »Mann, Justi, dieses Angebot nehme ich gerne an!« Und nach kurzem Überlegen fügt er hinzu: »Heuer passiert zwar nicht mehr viel auf unserer Baustelle, aber im nächsten Frühjahr komme ich gerne darauf zurück.« Nach einem Schluck vom gespritzten Apfelsaft schaut er auf die Armbanduhr und sagt dann mit Nachdruck: »Leute, jetzt wird es aber Zeit, dass wir uns euren Arbeiten für die nächste Zeitung zuwenden. – Also, wer fängt an?«

»Ich!« Maximilian Hirmer schlägt ein Ringheft auf und sagt: »Also, Leute, ich habe mir an Stelle vom Mori unsere lahmarschigen Erwachsenen vorgeknöpft, die so ziemlich alle Fehlentwicklungen bei uns und in der Welt wie gottgegeben hinnehmen, ja sogar beschleunigen. Sicher gibt es auch ein paar Ausnahmen unter ihnen, dich zum Beispiel, Rocco, aber für die meisten Erwachsenen gilt, was ich geschrieben habe. – Also, die Überschrift lautet: ›Man kann ja eh nichts machen‹ und dann schreibe ich: Ob bei einer Geburtstagsfeier oder am Nachmittag im Zug aus München, ob im Umkleideraum vom Tennisclub oder im Eiscafe Roma, der junge Mensch bekommt nicht selten das folgende und immer gleiche Stück mit: Erwachsene ziehen über die Politiker her, beklagen das Auseinandertriften der Gesellschaft in Arm und Reich, verdammen die Staus auf den Straßen und, und und. Und fast ohne Ausnahme enden diese Diskurse mit dem Schlussakkord ›Man kann ja eh nichts machen‹. Und so müsste der junge Mensch eigentlich in Panik geraten, wenn er die Erwachsenen so hört. Die Erwachsenen, die diese unsere Welt ja bauen, eine Welt, die mit immer mehr Übel angereichert ist, und die sie uns so überlassen wollen, weil man ja eh nichts machen kann. Dabei wählen sie die Politiker, denen sie Unfähigkeit vorwerfen, verursachen die Staus, in denen sie fast ersticken, und gehen nicht auf die Straße, um mit Macht gegen die schon abartige Ungerechtigkeit hierzulande und in der Welt zu demonstrieren. – Ja, die jungen Menschen müssten angesichts dieser Verhältnisse eigentlich in Panik geraten. Aber die meisten kennen das ja gar nicht anders, sie sind das gewöhnt, sind diesbezüglich abgestumpft und flüchten sich in die schöne Welt, die das Smartphone und das Internet für sie bereit halten, und verschließen so die Augen vor der Zukunft, in die sie hineinrauschen. Und wenn sie sich doch einmal aufraffen, das Verhalten der Erwachsenen, deren Passivität und Untertanenmentalität zu kritisieren, dann werden sie mit Ausreden, meistens aber mit der Bankrotterklärung ›Man kann ja eh nichts machen‹ abgespeist; mit der Bankrotterklärung, die den Erwachsenen offenbar schon in Fleisch und Blut übergegangen ist.

Und deshalb sagen sich die Macher von der Revolte, dann müssen halt wir aufstehen und mit allen nur möglichen gewaltlosen Mitteln und mit langem Atem gegen die Schieflage vorgehen, in die unsere Welt hineingeraten ist. Und wir müssen vor allem gegen die Macht des Kapitals anrennen, das drauf und d'ran ist, die Demokratie aufzufressen. Und schließlich müssen wir auch darauf hoffen, dass sich uns viele Jugendliche und all die Erwachsenen anschließen, die sich noch nicht mit dem Istzustand auf dem Globus abgefunden haben.«

Maximilian lehnt sich etwas außer Atem zurück und sagt: »So, Leute, das war's. Wenn noch etwas

Wichtiges fehlt, dann sagt es jetzt gleich, denn ich möchte diesen Beitrag schon nächste Woche in den Computer tippen.«

Das Team und der Lehrer Weinbauer applaudieren ihm aber erst einmal begeistert. Und dann sagt der Lehrer auch schon: »Maximilian, super hast du geschrieben und so wahr ... leider. Und es fehlt auch nichts Wesentliches, meine ich. Der Text ist kompakt, und so wird er ganz bestimmt von der ersten bis zur letzten Zeile von jedem gelesen, der eure Zeitung in die Hand bekommt.«

Und Simone schließt ganz hingerissen daran an: »Vielleicht solltest du nach deiner Schuhmacherlehre zur schreibenden Zunft wechseln, Maxi, denn in unserer regionalen Zeitung findet man höchst selten so tief gründende Artikel, weil deren Redakteure den Dingen wohl kaum einmal auf den Grund gehen, das vielleicht auch gar nicht dürfen.«

Der Maximilian strahlt wie ein Honigkuchenpferd und stottert: »Vielleicht ... vielleicht überlege ich mir das einmal, Simone. Aber ... aber jetzt sollten wir uns den Beitrag vom Gerdi anhören, in dem er die Mächtigen auf dem Erdball anklagt. Der Extrakt daraus ist ja auch die Grundlage für unsere Protestnote im Internet, die ich übrigens supergut finde.« Und dem Gerhard zugewandt sagt er: »Eigentlich wollte doch heute auch die Micha kommen und unseren Auftritt im Internet schwarz auf weiß ausgedruckt mitbringen.«

Der Gerhard sagt nur: »Schau zur Tür, da schwebt sie gerade herein.«

Mit »Grüß euch, zusammen!« setzt sich Michaela

zwischen den Gerhard und den Benedikt Münch und sagt außer Atem: »Entschuldigt bitte, dass ich so spät d'ran bin. Ich kann nichts dafür, aber es war's wert, Leute!«

Der Moritz setzt eine ungnädige Miene auf und knurrt: »Komm, sag schon, was passiert ist!«

Michaela Hört nimmt aus der Innentasche ihrer Jacke zwei Bogen Papier, faltet sie auseinander, legt sie auf den Tisch und sagt mit triumphierender Stimme: »Das ist passiert!«

Der Moritz lehnt sich zurück, verschränkt die Arme vor der Brust und lästert: »Die Dame gibt sich heute geheimnisvoll.«

»Du, Micha, das ist ja ein Schreiben in Italienisch, oder?«, mutmaßt dagegen der Benedikt.

»Richtig! Und das«, sie deutet auf das Blatt daneben, »ist die Übersetzung, die mir in den letzten zwei Stunden meine Freundin Carla gemacht hat.«

»Herrgott, jetzt sag doch endlich, was los ist!« Der Moritz beugt sich nach vorne, klemmt den Kopf zwischen die Fäuste, stützt sich mit den Ellenbogen auf die Tischplatte und stöhnt: »Dass die Frauen nicht zur Sache kommen können, ich krieg's einfach nicht!«

»Moritz, Moritz, dir wird es jetzt gleich die Sprache verschlagen, und dann ist es auch aus mit deiner Lästerei! Denn ich kann euch sagen«, Michaela schaut in die Runde, »dass der Brief aus Italien kommt und die erste schriftliche Reaktion auf unseren Protest im Internet ist.«

»Ist doch nicht wahr!«, ist alles, was Simone herausbringt.

Und dem Moritz hat es tatsächlich die Sprache verschlagen, denn er sitzt jetzt – den Blick auf den Brief gerichtet, den Kopf unverändert zwischen die Fäuste geklemmt – wie erstarrt da.

Auch die übrigen männlichen Zeitungsmacher wie auch der Lehrer Weinbauer bringen kein Wort heraus. Sie alle schauen nur gebannt auf den Brief.

Erst nach einer ganzen Weile, dann aber recht ungeduldig, sagt der Lehrer: »Also, Micha, sei doch bitte so nett und lies uns vor, was da aus Italien kommt!«

»Okay, Rocco! Also, Leute, der Brief kommt aus der Campania in Süditalien, und die Absender sind die Geschwister Marissa und Antonio Ortenga, zweiundzwanzig und neunzehn Jahre alt. – Übrigens, mein Papa hat inzwischen herausgefunden, dass die Ortengas den begütertsten und einflussreichsten Familien in Süditalien zuzurechnen sind.«

Der Justus hebt die Hand und meint: »Ja sauber, dann ist das wohl ein Drohbrief, am Ende gar von der Mafia!«

»Das ist kein Drohbrief, Justi! Ganz im Gegenteil, die beiden schreiben nämlich, dass sie unsere Aktion ganz toll finden und dass sie uns von A bis Z zustimmen. Und jetzt, haltet euch fest, Freunde, sie schreiben auch, dass sie uns für nächstes Jahr zu einem Diskussionscamp auf ihrem Landsitz am Meer einladen. Sie …«

Mit »Mich laust der Affe!« explodiert der Moritz nun aber geradezu und hämmert mit den Fäusten auf den Tisch. Und nach einem hektischen Schnaufer lässt er heraus: »Ans Meer, in Süditalien, das ist ja schon lange mein Traum! Und die haben bestimmt eine super Segelyacht … segeln am Meer, das wollt ich ja auch schon immer! Und sich von reichen Leuten verwöhnen lassen … so eine Schau! – Herrgott Leute, wer hätte je gedacht, dass unser Protest einmal solche Blüten treibt!«

»Ja, das ist echt gigantisch!«, schließt der Gerhard daran an. Nach kurzem Überlegen meint er allerdings: »Für mich ist es aber schon erstaunlich, wenn junge Leute aus reichem Hause auf unserer Linie liegen. So eine Jugend kann doch normalerweise unsere Sichtweise gar nicht haben, die kann doch ihre Zukunft wohl kaum von der eigenen Gesellschaftsschicht gefährdet sehen. Die jungen Ortengas können doch nur eine hell erleuchtete Zukunft vor Augen haben, die …«

»Mann, Gerdi«, Michaela versetzt ihm einen Stoß mit dem Ellenbogen, »Marissa und Antonio schreiben doch, dass sie uns voll und ganz zustimmen! Und sie schreiben auch, dass sie schon eine ganze Zeit lang überlegen, wie sie das Haus Ortenga auf einen nachhaltigen und solidarischen Kurs bringen könnten und dass sie gerade versuchen, ihre Eltern dafür zu gewinnen.«

»Ganz super ist außerdem«, sagt der Lehrer Weinbauer, »dass ihr auch im Internet so viel Zustimmung erfahrt. – Ja, ihr habt ja sogar die Aufmerksamkeit der Frankfurter Allgemeinen erregt, denn vorige Woche war dort ein kurzer, aber erstaunlich wohlwollender Kommentar abgedruckt.«

»Und, Leute«, Gerhard lehnt sich unübersehbar zufrieden zurück, »im Bankenviertel von Moskau hat eine große Gruppe von Jugendlichen unsere Protestformeln eine ganze Woche lang skandiert. Sie wurden zwar an jedem Tag nach wenigen Minuten von der Polizei auseinandergetrieben, sind aber am darauf folgenden Tag wieder aufgetaucht. – Übrigens, diese Aktion war nur ein paar Tage im Internet aufzufinden. Irgendjemand hat dann wohl dafür gesorgt, dass sie auch dort verschwindet. Ja, und am Genfer See gab es ebenfalls eine Demonstration, die man durchaus auf unsere Protestnote zurückführen kann.«

»Jetzt langt es mir aber, Freunde!« Justus rumpelt hoch und schickt ärgerlich hinterher: »Könnt ihr mir endlich sagen, was ihr ins Internet gestellt habt! *Ich* hab doch keinen Internetanschluss, ihr Seppen!«

»Entschuldige, du Internetverweigerer!« Und während Gerhard aus einer schmalen Aktenmappe einen Computerausdruck herauskramt, erklärt er: »Justi, ich hätte das meiste schärfer formuliert, aber die gestrenge Micha hat das nicht zugelassen.«

»Und das war auch gut so«, meint Robert Weinbauer, »denn gerade die oberen Zehntausend sind in aller Regel sehr dünnhäutige Leute, die man nicht zu hart anfassen darf, wenn man etwas erreichen will.«

»Aber sie selbst sind brutal und skrupellos, Rocco!«, knurrt der junge Mann und knallt den Ausdruck missmutig auf den Tisch.

Justus schnappt sich das Papier und giftet: »Du Internetjunkie, ich verweigere nicht! Aber mein Vater meint, dass wir keinen Internetanschluss brauchen, dass das Internet die Menschen im Alltag nur aufhält beziehungsweise von der Arbeit abhält. Darüber hinaus ist das Internet seiner Meinung nach eine miese Bühne, die viel Unheil anrichtet.« Nach dieser Klarstellung holt er einmal tief Luft und beginnt dann laut und hastig zu lesen:

»**Ihr Großen und Mächtigen, Ihr bereitet uns eine graue Zukunft! Ihr ...«**

»Das ist die Headline, Justi.«

»Okay, das ist mir schon klar, du Oberlehrer! Also

›**Ihr Großen und Mächtigen, Ihr beschneidet mit Eurem Geld die Demokratien!**‹

und dann ...«

»Ihr setzt sie außer Kraft, wollte ich schreiben. Aber die ...«

»Herrgott, Gerdi, jetzt lass mich endlich in Ruhe lesen! – Also, und dann ... Mann, der Punkt ist ja super!

›**Ihr Großen und Mächtigen, Ihr lasst die Politik zur Marionettenbühne verkommen!**‹

mein Vater, Leute«, Justus schaut kurz in die Runde, »sieht das übrigens genauso. – Ja, und jetzt

›**Ihr Großen und Mächtigen, Ihr haltet ein Wirtschaften in Gang, das immer mehr Menschen ins Elend stürzt und uns einen Berg von Problemen hinterlassen wird!**‹

also Leute, das ist echt stark! – Und das auch

›**Ihr Großen und Mächtigen, Ihr missachtet Eure Mitmenschen und die Natur!**‹

und auch das Nächste ist wahr

›**Ihr Großen und Mächtigen, Ihr habt nur den Profit und Euer Wohlergehen im Auge!**‹

ja, und das auch

›**Ihr Großen und Mächtigen, Ihr drängt uns in ein Leben aus Arbeiten und Konsumieren!**‹

und das genauso

›**Ihr Großen und Mächtigen, Ihr seid Blutsauger, Ihr lebt von der Arbeit der Masse!**‹

und auch … «

»Das hat die Micha gerade noch genehmigt, aber …«

»Gerdiii! – Also, auch das ist super

›**Ihr Großen und Mächtigen, Ihr lebt nach der Devise *Nach uns die Sintflut!*‹**

ja, und das ist leider eine Tatsache

›**Ihr Großen und Mächtigen, Ihr unterdrückt die Stimme der Jugend!**‹

und jetzt zum Schluss

›**Ihr Großen und Mächtigen, wir werden vor Euren Burgen so lange demonstrieren, bis ihr einen von Gerechtigkeit und Nachhaltigkeit geprägten Kurs mitgeht!**‹«

Justus Liebermann lässt das Blatt fallen – sich selbst in die Rückenlehne – und meint nach einmal tief Durchatmen: »Leute, wenn das nicht hilft, dann hilft nichts mehr! Denn ich würde mein Verhalten ganz schnell ändern, wenn ich so etwas serviert bekäme. – Du, Gerdi, ich darf doch diesen Ausdruck mit nach Hause nehmen und meinem Vater zeigen, oder? Und ich schätze, der wird so was von begeistert sein, dass er uns alle zum Eis oder zu einer Pizza einladen wird.«

»Super, Justi!« Der Moritz reißt sich die Mütze vom Kopf, knallt sie auf den Tisch und lässt noch heraus: »Gesponserte Gelati oder Pizzen, die schmecken ja zweimal so gut!«

Justus richtet sich nach dieser Beifallskundgebung auf und sagt ein wenig spitz: »Gerdi, weil ich ja ein *In-*

ternetverweigerer bin, weiß ich natürlich nicht, wie die Italiener an Michas Adresse gekommen sind. Sie wird sie doch kaum unter diesen hammermäßigen Protest gesetzt haben, oder?«

»Doch, Justus, die Adresse einer verantwortlichen Person gehört einfach dazu. Außerdem wollen wir ja keinesfalls anonym bleiben, weil die Reaktionen aus nah und fern für uns mindestens so wichtig sind, wie die Protestnote selbst.«

»Okay, verstehe, sonst gäbe es ja auch keine Einladung nach Italien.«

Simone ruckt hoch und sagt ein wenig ungeduldig: »Also, Leute, jetzt muss eigentlich nur noch geklärt werden, wer das Antwortschreiben an Marissa und Antonio verfasst und abschickt.«

»Das macht doch am besten die Micha, weil ihre Freundin auch unseren Brief übersetzen könnte«, schlägt der Maximilian zögerlich vor.

»Das mache ich gerne, Leute. Ihr müsstet mir jetzt aber schon sagen, was ihr in diesem Brief stehen haben möchtet.«

»Also, ich würde mich zuerst einmal ganz herzlich für den Brief bedanken und den beiden sagen, wie sehr wir uns darüber gefreut haben.«

»Genau, Simone!« Der Moritz stülpt sich die Mütze wieder über sein krauses Haar und meint dann: »Und ich würde ihnen sagen, dass wir in den Sommerferien gerne kommen, dass aber ein Dolmetscher nötig sein wird, weil keiner von uns Italienischkenntnisse besitzt.«

»Am einfachsten wäre es ja, wenn Michas Freundin mit uns kommt. Die weiß inzwischen, worum es geht, und sie ist außerdem eine recht sympathische Person«, meint der Gerhard auffällig beiläufig.

»Super Idee, Gerdi! Ich werde sie auf jeden Fall fragen, wenn ich ihr unseren Brief zum Übersetzen bringe. Wenn es terminlich passt, kommt Carla ganz bestimmt mit. Sie ist ja nicht nur sympathisch, sondern auch für solche Abenteuer immer zu haben.«

Und augenzwinkernd schließt Michaela daran an: »Und außerdem, Gerhard Stamm, ist sie ausnehmend hübsch und mag Revoluzzer wie dich.«

»Und unser Rocco muss auch mitkommen!«, fordert Justus energisch. »Weil Sie unser Kapitän sind, Herr Weinbauer!«, erklärt er auf dessen erstaunten Blick hin nicht weniger energisch.

Der junge Lehrer kann dazu nichts sagen, weil das Redaktionsteam zustimmend auf den Tisch trommelt. Er schenkt sich also zunächst eine Stellungnahme und meint nach kurzem Blick aus dem Fenster: »Die Sonne kommt gerade heraus, Leute, was haltet ihr davon, wenn wir hier Schluss machen und für ein paar Kugeln Eis ins ›Roma‹ gehen und dort weitermachen?«

»Super Idee!«, befindet diesmal der Justus. Und weil alle anderen beifällig nicken, ruft er auch schon in Richtung Theke: »Rosanna, wir möchten zahlen!«

VIII

Simone Kircher und Maximilian Hirmer überqueren nach einem langen Anstieg etwas außer Atem die schmale Straße, die, umsäumt von Ebereschen, zum Schloss Haunsberg hinaufführt. Während sie nebeneinander zum Waldsee hinunterrollen, entrüstet sich Simone: »Hast du eigentlich schon mitgekriegt, dass aus dem Schloss ein Luxushotel werden soll, und auf dem vom Schloss abfallenden Südhang ein riesiger Chaletkomplex geplant ist?!«

»So halb, Simone. In unserer Regionalzeitung habe ich einmal gelesen, dass unser Stadtrat diesem Vorhaben äußerst positiv gegenübersteht.«

»Ja, leider! Und das ist wieder einmal typisch für unsere Räte, dass sie nur die eine Seite der Medaille sehen: die Steuereinnahmen, den höheren Umsatz für die Geschäftsleute in der Stadt und die Aufträge für unser Baugewerbe. Ja, und dann träumen sie auch noch von einer Vielzahl von Arbeitsplätzen, die die Hotelanlage bieten wird. Dabei ist absolut nicht sicher, dass der Investor die örtlichen Firmen berücksichtigt, und darüber hinaus werden für die Bevölkerung im Umkreis des Schlosses vermutlich nur Arbeitsplätze im unteren Lohnsegment anfallen. Dass mit diesem überdimensionalen Projekt der Verkehr Richtung Schloss stark anwachsen, dass es mit der Ruhe und Beschaulichkeit am Waldsee für alle Zeiten vorbei sein wird, das blenden die Seppen im Rathaus einfach aus.«

»Du, was *mir* besonders aufstößt, ist, dass es jemand gibt, der offenbar nicht mehr weiß, wohin mit seinem Geld. Jemand, der zu den etwa vierzig Millionen, die dieses Vorhaben verschlingen soll, keinesfalls durch seiner Hände Arbeit gekommen sein kann. Dieses Luxusprojekt reiht sich also in eine inzwischen unendlich lange Kette von Investitionen ein, die nur möglich werden, weil das Volk zunehmend zu Gunsten einer Minderheit arbeitet.«

Letzteres stößt Maximilian erbittert heraus, während er am See sein Fahrrad mit einer missmutigen Bewegung an einen Baum lehnt.

Simone sagt dazu erst einmal nichts. Sie kramt eilig eine Picknickdecke aus ihrem Rucksack, breitet sie am Seeufer neben einer Birke aus und lässt sich dann auch schon darauf fallen. »Du, Maxi«, sagt sie nach einer Weile mit geschlossen Augen, »ich wüsste auch, dass ich am Waldsee bin, wenn man mich mit verbundenen Augen hierher bringt. Der Duft der Birken, der Geruch des Wassers und auch der Geruch des Waldbodens würden mir ganz schnell sagen, wo ich bin.«

»Mir vielleicht auch, Simone.« Und während er die Badehose anzieht, erklärt er: »Ich würde ihn aber ganz sicher an der sanften Geräuschkulisse erkennen, wenn man mich an einem so schönen und ruhigen Tag wie heute mit verbundenen Augen hier aussetzen würde. Der Wald, der ja fast den ganzen See umschließt, reflektiert jedes kleine Geräusch; ob das nun eine Rotfeder ist, die in Panik aus dem Wasser springt, weil ein Hecht durchs Wasser schießt, oder das Landen einer Wildente auf dem Wasser und auch das leise Rauschen des Schilfs, wenn eine Böe hindurch fährt. Ja, und wenn dann auch noch das Schlagen der Uhr im Turm des Schlosses gerade noch zu hören ist, dann weiß ich ganz genau, wo ich bin. – Aber das alles könnte ja bald aus und vorbei sein, Simone, wenn sich der Geldsack mit seinen Plänen durchsetzt.«

»Der wird sich durchsetzen, Maximilian! Denn der Widerstand gegen dieses Projekt ist zumindest bis zum heutigen Tag erschütternd gering. Bisher setzt sich die Gegnerschaft nur aus ein paar älteren Herrschaften auf Seiten der Naturschützer, einem Grünen und den wenigen Leuten zusammen, die regelmäßig zum morgendlichen Schwimmen hierher kommen.«

Maximilian setzt sich neben Simone, stützt sich mit den Armen hinter dem Rücken ab und schaut mit düsterer Miene zum gegenüberliegenden Ufer hinüber, wo die Badeanlage für gut zweihundert Hotelgäste entstehen soll. Nach einem Seufzer sagt er missmutig: »Ja, Simone, es ist ein Drama, die meisten Menschen rebellieren erst, wenn es zu spät ist. An schönen Tagen, die wir bisher allerdings nur selten hatten, kommen doch immerhin an die hundert Leute zum Waldsee und bleiben oft den ganzen Tag über. Und trotzdem war bisher kein Leserbrief gegen das Schlosshotel in unserer Zeitung zu finden, sagte erst vor ein paar Tagen mein Vater, der, seit er an den Rollstuhl gefesselt ist, nicht mehr in seinem Lieblingssee schwimmen kann. Und so wird er sich, kündigte er stocksauer an, demnächst an seine alte Schreibmaschine setzen und einen geharnischten Brief verfassen.«

»Mann, Maximilian, das Hotelprojekt wäre doch auch etwas für unsere Zeitung!« Simone setzt sich mit einem Ruck auf und schließt aufgeregt daran an: »Aber klar, *wir* müssen uns gegen dieses irre Projekt wenden, wenn sich niemand groß dagegen auflehnt. – Du, wie sagte der Moritz bei unserer vorletzten Redaktionssitzung schon wieder …? Ach ja, von lahmarschigen Erwachsenen hat er geredet. – Ja klar, Maxi, *wir* müssen ganz groß darüber schreiben! Über diesen unglaublichen Eingriff in die fast jungfräuliche Natur, über die im Geld schwimmenden Investoren und über die Gleichgültigkeit der Erwachsenen.«

»Du, das müssen wir unbedingt! Und wir müssen auch schreiben, dass es letztlich nicht verwunderlich ist, dass sich die meisten Badegäste nicht gegen das Hotelprojekt auflehnen, weil sie ja mit dem Auto zum Waldsee kommen; und wir müssen schreiben, dass solche Leute letztlich wenig naturverbunden sind und somit den Rummel nicht fürchten, der am See und in seiner Umgebung bald Alltag sein wird.«

»Richtig, die Autofahrerei ist ganz bestimmt der Grund dafür, dass nennenswerter Widerstand ausbleibt. – Aber sicher, Maxi, das wird es sein! – Übrigens, da fällt mir ein, was der Opa immer wieder erzählt, wenn er mitkriegt, dass ich zum Waldsee fahre. Also, er erzählt mit leuchtenden Augen, dass es während seiner Jugendjahre nichts Schöneres gab, als am Sonntag oder an Feiertagen mit dem Fahrrad zum Waldsee zu fahren. Je näher man zum See kam, umso länger wurde die Radlerschlange, weil nicht nur die Städter dorthin unterwegs waren, sondern auch die Leute aus den umliegenden Dörfern. Man hat sich gegrüßt, ist sich unterhaltend nebeneinander gefahren, und die Jugendlichen haben manchmal schon auf dem Hinweg regelrechte Radrennen veranstaltet. Und dann, am späten Nachmittag, ging es in Richtung Stadt immer zu wie bei der Tour de France. Und der Opa ist heute noch stolz darauf, dass er einmal ausgewiesene Rennfahrer auf dem gut sieben Kilometer langen Rückweg hinter sich lassen konnte. Und er erzählt auch, dass er nie einen Unfall erlebt hat, weil damals fast keine Autos unterwegs waren, und die Autofahrer, wenn ihnen Radfahrer entgegenkamen, auf Schritttempo heruntergeschalten haben. – Ja, und dann waren früher auch viel mehr Badegäste hier heraußen, weil die Lichtung da drüben, einmal eine große Liegewiese war, auf der es trotzdem immer recht eng zugegangen sein soll. Und dieser Enge, Maxi, hat der Opa auch seine Frau zu verdanken. Beim Volleyball spielen blieb er einmal an einem Grasbüschel hängen, hat deshalb den Ball nicht richtig getroffen, und der landete dann auf dem Hinterkopf einer jungen Frau, die, am Bauch liegend, ein Buch gelesen hat. Der Opa hat sich bei ihr für seine Unachtsamkeit total geknickt entschuldigt und hat ihr nach dem Spiel auch noch ein Eis gebracht. Zu seiner Zeit, musst du wissen, gab es hier am See nämlich noch einen Kiosk. Kurz und gut, Maxi, der Opa hat mit seinem Verhalten das Herz der jungen Frau im Sturm erobert, und sie haben im Sommer danach geheiratet.«

»Ach, Simone, was für eine schöne Story! Am liebsten würde ich ja sagen, eine Geschichte aus der guten alten Zeit. – Du, dazu passt, was mein Vater gelegentlich von sich gibt. Also, er sagt, dass er heilfroh ist, dass er schon auf die sechzig zugeht, denn er möchte in der heutigen Zeit nicht jung sein. Die jungen Leute, meint er, hätten heute zwar ein recht komfortables Leben mit vielen Annehmlichkeiten, aber sie sind umgeben von einer brutalen Maschinerie, die Wirtschaft heißt. Sie sollen auf Teufel komm raus Rädchen in einem regelrechten Getriebe werden, und müssen immer unnatürlichere Lebensformen akzeptieren und annehmen.«

»Der Opa sieht das übrigens genauso, Maximilian. Und er sagt, wenn wir manchmal darüber reden, dass sich die jungen Leute nicht unterbuttern lassen dürfen. Und deshalb freut es ihn auch ganz besonders, dass es nun schon fünf Jahre lang die Jugendzeitung Revolte gibt, und dass sich auch immer wieder neue Redakteure zusammenfinden.«

»Weil sich auch …«, der Maximilian schaut wieder missmutig zum Südufer hinüber, »weil sich auch immer wieder neue Missstände auftun, Simone!«

»Du, Maxi, bevor wir zwei am Ende noch sauertöpfisch werden, schlage ich vor, dass wir jetzt mit etwa halben Wettkampftempo um den See schwimmen und dann … wenn du noch kannst«, fügt sie schelmisch lächelnd hinzu, »um den See laufen.«

»Super Idee, Simone! Und du wirst staunen, wie sehr ich mich in den letzten Monaten verbessert habe.«

»Na, da bin ich aber echt gespannt, Maximilian!« Und während sie ihren Schwimmanzug aus dem Rucksack holt, meint sie noch: »Maxi, alleine mein neuer Anzug macht mich auf hundert Meter um drei, vier Sekunden schneller. Du wirst dich also schwer ins Zeug legen müssen.«

Simone zieht sich hinter dem nächsten Busch um,

und als sie wieder hervorkommt, fallen dem Maximilian fast die Augen aus dem Kopf und ihm bleibt der Mund offen stehen. Schließlich bringt er doch heraus: »Herrje, der … der ist ja so was von affengei … der … der sieht ja fantastisch aus, Simone! Und … und er steht dir auch sagenhaft. Also wirklich, hinreißend schaust du darin aus, Simone!«

»Meinst du wirklich, Maxi?«

»Aber gewiss! Wie eine Schwimmkönigin kommst du in dem daher.«

»Die Mama hat aber gemeint, er wäre zu gewagt. Dabei geht es mir doch zuallererst darum, dass er mich schneller macht. Wir wollen doch beim nächsten Stadttriathlon wieder ganz vorne mit dabei sein.«

»Der macht dich ganz bestimmt schneller. Und wenn du an den Start kommst, Simone, werden die Leute große Augen machen.«

»Okay, Maxi. Also, dann nichts wie los!«

Die beiden steigen in den See, schwappen sich das Wasser ein paar Mal über den Oberkörper und rauschen dann auch schon davon.

Nach einer knappen halben Stunde haben sie den Waldsee schwimmend und laufend umrundet und lassen sich ziemlich außer Atem auf die Picknickdecke fallen.

Als sich ihr Puls wieder eingependelt hat, steht Simone auf und holt aus ihrem Rucksack eine Packung Müsliriegel und eine Trinkflasche. Sie reicht dem Maximilian einen Riegel, reißt die Verpackung vom nächsten auf und beißt ein ordentliches Stück davon ab. Noch kauend sagt sie: »Du, wie wir unterhalb vom Schloss gelaufen sind, ist mir der Opa wieder in den Sinn gekommen, der mir immer wieder eindringlich sagt, dass sich die Jugend von einer Schicht, die unser Land und die Welt nur als Wirtschaftsraum sehen kann, nicht vereinnahmen lassen darf. Er wird richtig wild, wenn er hört oder liest, dass diese Leute der Jugend mangelnden Leistungswillen unterstellen, ihr vorwerfen, sich in der Schule nicht genügend anzustrengen, sie kritisieren, weil sie ihrem Wachstumsdenken nicht folgen will und vom Spitzenreitertum so gar nichts hält. Und dann sagt er auch immer, dass Zufriedenheit und Glück in einer Volksgemeinschaft zuallerletzt von großen Erfolgen im Wirtschaftsleben abhängt.«

»Ganz ähnlich, Simone, redet mein Vater. Er fährt dabei wie verbiestert in der Wohnung herum, und meine Mutter, die sich seinen Ansichten nicht voll anschließen kann, hofft dann nur, dass er sich möglichst bald beruhigt, was auch passiert, weil ihn das Herumfahren und das gleichzeitige Reden anstrengt. Er ist ja Gewerkschafter und ein echter Sozialdemokrat, und so kann er sich ganz besonders über den Gabriel aufregen, der ihm, wie die Merkel auch, zu wirtschaftshörig ist; der seiner Meinung nach nicht langfristig genug denkt und mit nachhaltigen Lebensformen überhaupt nichts am Hut hat. Du, ich weiß noch gut, wie der Papa beinahe aus dem Rollstuhl gesprungen wäre, als er vor ein paar Jahren den Gabriel in der Tagesschau sagen hörte, dass er, *er, der Gabriel,* den Deutschen den Urlaubsflug nach Mallorca auf keinen Fall nehmen möchte. – Ja, und damals, Simone, hörte ich den Papa zum ersten Mal sagen, dass er diverse Arbeitsplätze nicht um jeden

Preis erhalten haben möchte, vor allem diejenigen nicht, die unsere Umwelt zu sehr belasten. Wir dürfen nur zukunftsfähige Arbeitsplätze erhalten, meinte er, und müssen die daran gebundene Arbeit auf die Schultern aller Bürger verteilen, damit niemand arbeitslos wird. Die Arbeitszeiten, meinte er weiter, werden dann natürlich kürzer und die Einkommen etwas niedriger ausfallen. Dann wird aber auch, das hat er damals besonders betont, unser gegenwärtiger, unhaltbar aufwändiger Lebensstil der Vergangenheit angehören.«

»Du, Maxi, ich dachte ja auch eine Zeit lang, dass der Gabriel ein blitzgescheiter Mensch ist, aber in den letzten Jahren beweist er immer öfter, dass das nicht der Fall ist. Ich verstehe aber auch nicht, dass so viele Regionen, ja sogar ganze Länder auf den Flugtourismus setzten, dass man sich ganz allgemein so sehr dem Massentourismus zuwendet.«

Simone trinkt einen Schluck aus ihrer Wasserflasche, legt sich dann auf den Rücken und schaut nachdenklich durch das Blätterdach der Birke zum von Kondensstreifen durchzogenen Himmel hinauf. »Der Flugtourismus«, sagt sie nach einer Weile, »wird über kurz oder lang schrumpfen, wenn nicht sogar einbrechen, weil die Umweltbelastungen, die mit ihm einhergehen, einfach zu groß sind. Und dann, Maxi, werden alle, die daran hängen, ein böses Erwachen erleben, weil sie vielleicht davon ausgegangen sind, dass das immer so weitergeht.«

»Böses Erwachen ist meiner Meinung nach im Tourismusbereich vorprogrammiert, Simone. Da muss man nicht einmal nach Mallorca oder in die Dominikanische Republik schauen, da genügt alleine der Blick auf den Alpenraum, wo man nach wie vor auf einen übersteigerten Skitourismus setzt. Aber Gott sei Dank haben wenigstens ein paar Länder und Regionen erkannt, dass neue Formen im Tourismus notwendig sind. Und nach meiner Kenntnis, Simone, wollen sie mit den neuen Formen auch mit dazu beitragen, den Klimawandel abzubremsen. – Übrigens, in diesem Zusammenhang fallen mir die Münchs ein, die sich einer ganzen Kette von Landwirten angeschlossen haben, die Ferien auf dem Bauernhof anbietet. Ja, und die Münchs haben nun schon seit ein paar Jahren Gäste, die vorwiegend mit der Bahn anreisen und auf Fahrrädern, die der Hof stellt, Ausflüge machen. Sanfter Tourismus ist ja inzwischen schon ein Schlagwort, und so kann man nur hoffen, dass diese Form weiter an Boden gewinnt.«

»Jetzt gibt es aber Leute, Maxi, die, wie unsere Nachbarn zum Beispiel, unbedingt ans Meer wollen. Du, diese Nachbarn sind, als sie noch jung waren, mit der Bahn nach Italien. Später erschien ihnen das zu umständlich, sie hatten sich mittlerweile ein Auto zugelegt, und sind damit viele Jahre ans Mittelmeer gefahren. – Ja, und heute, schon weit im Rentenalter, fliegen sie und finden das ganz toll.«

Maximilian lässt sich auf den Rücken fallen und knurrt: »Diese Rentner werden die Folgen ihres Verhaltens vielleicht nicht mehr erleben, aber wir, Simone, werden dafür bezahlen! Die junge Generation wird auslöffeln müssen, was uns die Alten nun schon so viele Jahre einbrocken. Da können wir in unserer Zeitung schreiben soviel wir wollen, Simone, es wird sich nicht viel ändern. Und das, Simone, stinkt mir manchmal derart, dass ich am liebsten … dass ich am liebsten … Ja, Simone, und dann fällt mir nicht ein, was ich am liebsten anstellen würde.«

Während sie sich aufsetzt, sagt die junge Frau: »Das ist vielleicht auch besser so, Maximilian. Und außerdem, so hoffnungslos ist unsere Situation nun auch wieder nicht. Du hast doch gerade selbst gesagt, dass man im Tourismus Richtungsänderungen verzeichnen kann. Und es gibt auch in anderen Bereichen Veränderungen, die schon ein wenig Hoffnung machen.«

»Okay, okay, Simone, ein bisschen was tut sich ja, aber es geht viel zu langsam. Und die große Linie, Simone, bleibt wie betoniert, weil, da sind wir wieder bei der Schicht von vorhin, weil diese Schicht Veränderungen in unserem Sinne verhindert. Ja, und die Generationen vor uns, Simone, haben sich einfangen lassen von vermeintlichen Zwängen, von einer Richtung, die letztlich einige wenige vorgeben; und sie sind verbreitet auch ganz gerne dieser Richtung gefolgt und so unter eine Glocke geschlüpft, die sich zunehmend als Gefängnis erweist, ein Gefängnis, aus dem ein Ausbruch nicht leicht möglich ist.«

Simone sieht sich nicht in der Lage, darauf auch nur irgendwie zu antworten, und so bleibt sie mit um die Knie geschlungenen Armen stumm sitzen.

Die Uhr vom Schloss hat gerade die zehnte Stunde geschlagen, da fragt der Maximilian unvermittelt: »Simone, würdest du einen Schumacher, der so redet und denkt wie ich, eigentlich heiraten?«

Simone lässt sich auf den Rücken fallen, dreht sich nach einer Weile zum Maximilian hin und sagt langsam und ein wenig angespannt: »Du, mir ist nicht so wichtig, was ein Mann ist, und auch nicht besonders wichtig, was er redet und denkt, er muss ganz einfach ein Mensch sein, den ich mag und der mich achtet.« Sie dreht sich wieder zurück und spürt, dass sie eine Aufregung befällt, die sich in ihrem ganzen Körper ausbreitet.

»Simone, magst du mich?«

»Ja, Maximilian.« Simone fast Maximilians rechte Hand und drückt sie mit aller Kraft.

»Dann sind wir jetzt verlobt, Simone.«

»Ja, Maximilian.«

Simone richtet sich halb auf, beugt sich über den Maximilian und küsst ihn ganz zart auf den Mund. Mit pochendem Herzen legt sie sich wieder auf den Rücken und schließt die Augen. Im nächsten Augenblick hört sie den Maximilian weinen. Sie dreht sich wieder zu ihm hin, streichelt seine Wange, rückt schließlich ganz dicht an ihn heran und flüstert: »Lieber Maxi, mein lieber Maxi.«

Der dreht sich zu ihr hin, legt den linken Arm um sie, drückt sein Gesicht auf das ihre und stößt unter Tränen heraus: »Als ... als ich dich vor zwei Jahren das ... das erste Mal gesehen habe ... weißt du noch, beim ... beim Zeitungmachen ... da ... da habe ich mir so gewünscht, dass ich dich das einmal fragen könnte. Und ... und jetzt hab ... hab ich es endlich ge ... geschafft.«

»Und ich, Maxi, habe das gespürt. Aber du hast ja schwarzes Haar ... und ... und ich bin brünett. Und ich hab immer gemeint, ich ... ich könnte nur einen Blonden gern haben. So ... so dumm war ich, Maxi!«

Die beiden drücken ihre tränenüberströmten Gesichter immer und immer wieder aneinander und küssen und küssen sich ohne Ende. – Es gibt keinen Waldsee mehr und auch kein Schloss, es gibt kein gestern und auch kein morgen, es gibt nur den Augenblick, und der dauert ewig. Sie sind versunken im Universum.

Die Ewigkeit hat aber nur etwa zehn Minuten gedauert, weil dem Maximilian nach einem vorsichtigen »Wuff« eine Hundeschnauze übers Haar fährt. Er rumpelt hoch und sieht einen kleinen weißen Mischling, der ihn mit treuherzigen Augen anschaut. »He, du Frechdachs!«, schimpft er verdattert und schubst den kleinen Kerl ein Stück zur Seite.

Mit nassem Gesicht und verträumten Augen richtet sich Simone halb auf und schaut das weiße Knäuel überrascht an. »Ach, ist der süß!«, bringt sie zunächst nur heraus und wischt sich mit der rechten Hand über die Augen. »Ach, was bist du doch für ein süßes, kleines Hundchen!«, freut sie sich dann und streichelt den kleinen Kerl vorsichtig am Kopf. Der reckt sich nach vorne und fährt ihr mit der Zunge übers Gesicht. »Ach, ist der süß!«, sagt sie dennoch wieder, setzt sich auf, greift sich den Hund und setzt ihn auf ihren Schoß. Das weiße Knäuel reckt sich hoch und fährt ihr erneut mit der Zunge übers Gesicht. Simone drückt ihn daraufhin fest an sich und meint: »Du, Maxi, den nehmen wir mit, der ist ja so süß und lieb, und der hat bestimmt kein Zuhause mehr.«

Maximilian weiß jetzt, dass er zumindest vorübergehend ins zweite Glied gerückt ist. Er schaut sich um und sieht am Uferweg zwei ältere Herrschaften, bepackt mit Liegestühlen, Taschen und Schwimmnudeln, aus Richtung Parkplatz daherkommen. Oha, denkt er impulsiv, mein Konkurrent wird jetzt gleich weiterziehen müssen.

Als die Senioren bei ihnen vorbeikommen, duckt sich der kleine Hund tief in Simones Schoß. Die beiden lassen nach etwa fünfzig Metern ihre Siebensachen fallen, schauen sich um und rufen dann: »Susilein, Susilein! – Susilein, komm zu Frauchen und Herrchen! – Susilein, komm doch, komm jetzt aber ganz schnell!«

Der Hund in Simones Schoß macht keinen Mucks, er schaut nur mit einem zu Herzen gehenden Blick zu ihr hoch.

»Max, bringst du das Hundchen zu den Leuten? Ich bring das nicht übers … übers Herz, Max.« Simone drückt den Hund noch einmal fest an sich, küsst ihn auf die Stirn und reicht ihn dann dem Maximilian.

Der steht auf und trägt ihn zu dem Seniorenpaar hinüber. Als er ihn auf den Boden setzt, will der kleine Kerl zurückrennen. Der Maximilian kann ihn aber stoppen und übergibt ihn dem Frauchen.

Als er zurückkommt, sitzt Simone wie ein Häufchen Elend und mit Tränen in den Augen da. Er setzt sich neben sie, nimmt sie in die Arme und drückt sie fest an sich.

Nach ein paar Minuten sagt Simone mit stockender Stimme: »Du, Max, macht es dir etwas aus, wenn wir jetzt heimfahren?«

Der schüttelt nur den Kopf, küsst ihre Augen, steht auf und zieht sich um. Er rollt dann die Picknickdecke zusammen und steckt sie in Simones Rucksack.

Die beiden steigen auf ihre Fahrräder und fahren langsam an den Senioren vorbei. Der Hund bellt kurz auf und will sich vom Frauchen losreißen. Simone ruft ihm mit bebender Stimme »Tschüs, mein Kleiner« zu und tritt dann mit aller Kraft in die Pedale. Als sie der Maximilian einholt, ist ihr Gesicht tränenüberströmt. Er fährt dich an sie heran, legt seinen rechten Arm auf ihre Schultern und sagt: »Du, ich schenk dir so einen Hund, genau so einen … als Verlobungsgeschenk, Simone.«

»Ach Max, du bist ein Schatz, du bist ein ganz, ganz großer Schatz!« Simone beugt sich zu ihm hinüber – die beiden geraten ins Schlingern und brauchen den ganzen Weg, um nicht zu stürzen – und küsst ihn auf die Wange.

Während sie nach der Schlossallee hintereinander ins Tal rollen, denkt der Maximilian: ›Sie hat jetzt schon ein paar Mal Max zu mir gesagt, für sie bin ich jetzt nicht mehr der Maxi, ich bin jetzt für sie vielleicht schon so etwas wie ihr Mann.‹ Und ihn überkommt ein Glücksgefühl, wie er es noch nie erlebt hat. Und dann jubelt er auch schon in sich hinein: ›Sie ist ein Engel, sie ist so natürlich, sie hat ein Herz … riesengroß, sie ist einfach wunderbar!‹

Der Jubel bringt ihn in der nächsten Sekunde brutal ins Schleudern, weil er auf der steilen Kiesstraße Schwemmsand übersehen hat. Als er wieder geradeaus rollt, beginnt er erneut zu sinnieren: ›Aber vielleicht sagt sie nur deshalb Max zu mir, weil Maximilian einfach zu lang ist. Wie meine Eltern nur auf diesen Namen kommen konnten? Aber egal, sie sagt Max zu mir und ich bin der größte Glückspilz im ganzen Land!‹

IX

Es ist ein wolkenverhangener Nachmittag im September. In der Wohnküche der Münchs sitzen die Großeltern am Esstisch. Ihre Enkelin Lucia zieht an einer Schnur ein kleines Bündel Stoffreste hinter sich her, dem der Kater Jeromi unermüdlich nachjagt.

Weil die Oma nicht mehr allzu gut sieht und hört, liest ihr der Opa seit ein paar Minuten aus der neuesten Ausgabe der Revolte laut vor.

Er hat gerade den Beitrag vom Enkel Benedikt zu Ende gebracht, und da sagt die Oma auch schon ganz ergriffen und begeistert: »Der Beni, der Beni, wenn der nicht ein großer Politiker wird, dann fress ich einen Besen!«

Die Enkelin stoppt abrupt die Spielerei mit dem Kater und sagt mit Nachdruck: »Der Beni wird Bauer, Oma! Bei unserem Hoffest vorige Woche hat er das zum Herrn Bürgermeister gesagt.«

»Das ist schon richtig, Luci. Er kann aber trotzdem, und vielleicht gerade deswegen, ein großer Politiker werden.«

»Ja, Luciengerl«, der Opa schaut von der Zeitung auf, »so wie dein Bruder in der Zeitung da schreibt, werden sich in ein paar Jahren alle großen Parteien um ihn reißen, weil er sagt, was längst überfällig ist, was die Politiker, die wir zur Zeit haben, aber nicht sagen wollen.«

»Warum wollen sie das nicht sagen, Opa?«

»Weil sie fürchten, dass sie dann nicht gewählt werden.«

»Dann wird der Beni auch nicht gewählt, Opa!«, sagt da Luci glücklich lächelnd und spielt mit dem Kater weiter.

Die alten Münchs schauen sich amüsiert an und nach einer Weile sagt die Oma leise: »Der Benedikt wird einmal ein ganz Großer, und er wird nicht alleine bleiben, Anton, das zeigt doch alleine die Zeitung da ganz deutlich auf.«

»Genau, Josefa! Die sieben, die ja auch den geharnischten Protest ins Internet gestellt haben, den sie in dieser Ausgabe ihrer Zeitung auf der ersten Seite groß und professionell daherkommen lassen, die haben alle das Zeug dazu, unser Land auf einen nachhaltigen und zukunftsfähigen Kurs zu bringen.«

»Ganz sicher, Anton. Inzwischen ist ihr Protest ja bis nach Italien durchgedrungen, und im nächsten Sommer, Anton, werden sie sogar Gäste einer schwerreichen Familie ganz unten im Süden sein.«

»Ja, Josefa, der Beni wird bestimmt einmal ein ganz Großer. Und er …«

»Aber er wird ein Bauer!«, ruft Luci energisch dazwischen.

»Ganz bestimmt, Luci, der Benedikt wird ganz bestimmt auch ein guter und großer Bauer.«

Der Opa schaut die Oma nach diesem Zugeständnis lächelnd an und sagt zu ihr: »Du, und jetzt würde ich dir am liebsten den Artikel vom Reiser Moritz vorlesen. Denn der schreibt – nicht weniger gut als der Beni – zum Thema ›Arbeitsplätze‹.«

»Der Moritz ist doch der, der wie der Mohr von den Heiligen Drei Königen ausschaut, oder?«

»Richtig, Josefa, seine Hautfarbe ist aber deutlich heller.«

Und während der alte Münch umblättert, sagt er: »Also, Josefa, dann lese ich dir jetzt vor, was der Moritz geschrieben hat.« Anton Münch holt noch kurz Luft, meint dann aber erst einmal: »Du, alleine die Überschrift ist ja schon richtig gut, denn er beginnt mit ›Arbeitsplätze über alles, über alles in der Welt‹. Und dann, Josefa, startet er so richtig durch und schreibt: Deutschland, das Land mit der niedrigsten Arbeitslosenquote weltweit, ein Land der Christen, Gebildeten und Weltoffenen; Deutschland, ein Land der Friedliebenden; Deutschland, das Land, dessen Bürger einmal geschworen haben: ›Nie wieder Krieg!‹ – Und, liebe Leser, was passiert in diesem Land? Man baut Waffen und Kriegsgerät auf Teufel komm raus und liefert diese Ergebnisse des deutschen Fleißes ohne Skrupel auch in Krisenregionen.

Und fragt nun ein junger Mensch nach dem Wieso und Warum, dann erscheint in einem meist recht umfangreichen Antwortenstrauß früher oder später das Argument ›Arbeitsplätze‹.

Da zuckt der junge Mensch geschockt zusammen und denkt: ›Kriegsgerät, um der Arbeitsplätze willen‹. Und dann fällt ihm vielleicht auch noch ein: ›Der Zweck heiligt die Mittel‹. Ja, vielleicht kann er sogar noch denken: ›Ein Christenvolk halt‹.

Ja, liebe Leser, auf das Argument ›Arbeitsplätze‹ stößt man aber nicht nur in den Panzerschmieden, sondern an allen Ecken und Enden unseres Landes, und hält damit viele Missstände am Leben: Wir verfeuern bergeweise Kohle und bauen und fahren massenhaft Autos, starren aber gleichzeitig verängstigt und gebannt auf den Klimawandel. Wir produzieren immer mehr Unnötiges und buckeln Jahr für Jahr für unsere heilige Kuh ›Exportüberschuss‹, mit der wir uns blöderweise auch noch in den eigenen Rücken schießen, weil wir die Nationen, die sich beim Kauf unserer Produkte verschulden, immer wieder stützen müssen. Der skandalöse Höhepunkt schließlich ist, dass wir Grundnahrungsmittel in Armutsregionen liefern und so die örtlichen Produzenten brotlos machen. – Ja, und das alles, liebe Leser … für Arbeitsplätze.

Und meint der junge Mensch, dass man diesem höchst fragwürdigen Bewahren von Arbeitsplätzen endlich ein Ende bereiten sollte, dann überreicht man ihm mit einem mitleidigen Lächeln erneut ein Strauß Antworten; fertigt ihn mit Antworten ab, denen man ansieht, dass sie welk sind und von Zeitgenossen ausgegeben wurden, denen das überzogene Werkeln der Deutschen zum Vorteil gereicht.

Hat der junge Mensch dann auch noch die Stirn zu sagen, dass man die schädlichen und schändlichen Arbeitsplätze durchaus aufgeben und die verbliebene sinnvolle Arbeit auf alle Schultern verteilen könnte, dann lässt man ihm in aller Regel nur mehr das mitleidige Lächeln zukommen. Es kann aber auch passieren, dass dir einer sagt: ›Junger Mann, was ist denn für dich *sinnvolle Arbeit?*‹ Ja, und dann kannst du nur mehr denken – wenn dich dieser Blitz nicht umgehauen hat –, dass du im falschen Land lebst. Vielleicht überfällt dich aber auch der Gedanke, dass wenigstens die Jugend gegen diesen Typus Mensch aufstehen muss. Denn diese Zeitgenossen wollen ja gar nicht wissen, was für dich sinnvolle Arbeit ist, wollen gar nicht hören, dass du damit all das meinst, das uns eine bescheidene Lebensgrundlage sichert, all das, was unser Volk zusammenhält, all das, was dazu dient, dass wir die Natur nicht überlasten, und all das, was uns in die Lage versetzt, schwächeren Nationen zu helfen und zum Frieden in der Welt beizutragen.«

Der alte Münch hat den Text in einem Zug heruntergelesen. Erst nach einmal kräftig Durchschnaufen, kann er fragen: »Und, Josefa, was sagst jetzt dazu?«

Die Oma schluckt erst einmal und sagt dann: »Wenn der Moritz das nächste Mal zu uns in den Laden kommt, dann schenk ich ihm einen ganzen Sack von unseren Gala-Äpfeln, die er so gerne isst. – Ja, und sonst, Anton, kann ich nur sagen und fragen, warum das ein Jugendlicher schreiben muss, warum erscheint so etwas nicht in unseren großen Zeitungen?«

»Weil das die wenigsten lesen wollen, Josefa, weil das schlecht fürs Geschäft ist und weil es Leute in unserem Land gibt, die so etwas abwürgen können.«

»Du denkst dabei wohl an den Typus Mensch, den der Moritz am Schluss angesprochen hat, oder?«

»Genau den meine ich, Josefa!«

X

Mein Gott, was für ein Anblick, was für ein mächtiges Gebirge!« Michaela Hört bleibt fassungslos stehen, als sie mit dem Zeitungsteam unterhalb vom Eckbauer aus dem Wald herauskommt und sich das Wettersteingebirge in seiner ganzen Weite und Höhe vor ihnen auftut.

Auf Vorschlag vom Lehrer Weinbauer haben die jungen Leute entschieden, das letzte Ferienwochenende in den Bergen zu verbringen. Sie sind mit dem Zug nach Garmisch-Partenkirchen gefahren, dann quer durch die Stadt zur Partnach marschiert und schließlich am wildromantischen Fluss nach Süden gewandert. Nach knapp einer Stunde ging es steil zu den Graseck-Höfen hinauf. Im Wirtshaus am Graseck war keinem nach einem richtigen Mittagessen zumute, sondern nach dem Zwetschgendatschi, den Ivana, die Freundin des Lehrers, in der Kuchenvitrine des Wirtshauses entdeckt hatte.

Und so saßen sie kurz nach ihrer Ankunft auf der südseitigen Hausbank in der warmen Herbstsonne, den Zwetschgendatschi, Kaffee oder Cappuccino vor sich, die mächtigen Gipfel des Wettersteingebirges vor Augen und waren einhellig der Meinung, dass das Leben und die Welt nicht schöner sein kann. Sie waren in bester Stimmung, obwohl sie sich im Zug über den schier endlosen Stau auf der B2 aufgehalten hatten, und auf dem Weg durch Garmisch-Partenkirchen über die superreichen Gäste hergezogen sind, die der Stadt ziemliche Probleme bereiten.

Sie sind beim Graseck-Wirt gut eine Stunde lang geblieben; waren alle in eine wohltuende und nur schwer überwindbare Trägheit gefallen, aus der sie der Lehrer nur herausreißen konnte, indem er sie daran erinnerte, dass sie bei Tageslicht grillen wollen und noch eineinhalb Stunden Fußmarsch und dreihundert Höhenmeter vor ihnen liegen. Ihr Ziel ist eine private Jagdhütte hoch über der Nobelherberge »Schloss Elmau«, von der man, wie Weinbauer versicherte, den schönsten Blick auf das Wettersteingebirge hat.

»Gell, da schaust!«, sagt der Maximilian, der schon einmal mit dem Mountainbike zwischen Eckbauer und Wetterstein unterwegs war, zur fasziniert schauenden Michaela. Die Gruppe hinter den beiden hält an und Weinbauer sagt den jungen Leuten, wie die markantesten und höchsten Gipfel vor ihnen heißen. Nach ein paar Minuten wandern sie über Wiesenhänge weiter nach Osten und schließlich auf einer Forststraße hinauf zum Wamberg.

Nach gut eineinhalb Stunden erreichen sie die Jagdhütte und sind sich einig, dass Rocco nicht übertrieben hat. Die Hütte steht in knapp dreizehnhundert Meter Höhe auf einer weiten, nach Süden abfallenden Lichtung, von der aus das ganze Wettersteingebirge einzusehen ist. Und unter ihnen, fast zum Greifen nahe, erhebt sich im leuchtend grünen Talgrund das Schloss Elmau.

Die jungen Männer lassen sich von der dramatisch schönen Aussicht allerdings nicht lange fesseln, wollen erst einmal aus ihren verschwitzten Hemden und T-Shirts heraus, denn sie haben ja das meiste fürs Grillen und das Frühstück am Sonntag, sowie ein paar Flaschen Bier hier herauf geschleppt. Also stellen sie nach kurzem Schauen und Staunen ihre Rucksäcke auf den langen Tisch vor der Hütte, kramen Handtücher heraus, hängen die Hemden und T-Shirts über das die Terrasse der Hütte umschließende Geländer, und rennen dann auch schon zu einem Brunnen, der etwa fünfzig Schritt unterhalb der Hütte verlockend plätschert.

»Hui, ist das kalt!«, heult der Justus immer wieder auf, während er sich mit beiden Händen das Brunnenwasser über den Oberkörper schüttet. Und der Gerhard, der Maximilian und der Moritz brüllen: »Saukalt ist das, saukalt!«

Ivana, Michaela, Simone und Robert Weinbauer haben sich inzwischen auf die Bank zwischen Hütte und Tisch gesetzt und beobachten amüsiert das Theater, das die vier und der Benedikt veranstalten. Nachdem sich die fünf schließlich doch recht gründlich Gesicht, Arme und den Oberkörper gewaschen haben, meint der Moritz – das Wasser kommt ihm offenbar gar nicht mehr so kalt vor –, dass man jetzt auch noch duschen könnte. Und dann wirbelt er auch schon wie eine mit hoher Drehzahl laufende Turbine das Wasser nach links und rechts. In der nächsten Sekunde laufen vier weitere Turbinen, die erst zum Stillstand kommen, als der aus einem Baumstamm herausgehaune Brunnentrog fast leer ist.

Von oben bis unten tropfnass, kommen die fünf schließlich zur Hütte herauf und lassen sich keuchend auf die sonnenwarmen Terrassenplatten fallen.

Ivana nimmt ihnen ihre nassen Handtücher ab und hängt sie über das Geländer.

Nach einer Weile stehen die Jünglinge einer nach dem andern auf, ziehen ihre klatschnassen Hosen aus, hängen sie neben die Handtücher und suchen dann in ihren Rucksäcken nach den Trainingshosen, die eigentlich für das Übernachten im Dachraum der Hütte gedacht sind.

Robert Weinbauer sperrt währenddessen die Hütte auf, öffnet die Fenster und die Fensterläden im Haupt- und Nebenraum und im Dachraum.

Die jungen Leute folgen ihm in die Hütte und staunen nicht schlecht, wie groß und anheimelnd der Hauptraum ist. »Und da ist ja auch alles da, was wir brauchen«, stellt Justus überrascht fest, »sogar ein richtiger Herd!«

»Wofür, du Schlafmütze, hast du eigentlich gedacht, ragt ein Rauchfang über dem Dach auf?«, lästert der Moritz, während er sich Fotos von Jagdgesellschaften anschaut, die an den glatt gehobelten und nahezu fugenlosen Balkenwänden hängen.

Mit »Du, den hab ich gar nicht gesehen, ich bin ja nicht so ein Hans-guck-in-die-Luft wie du!« schlägt Justus zurück und hilft dann dem Lehrer den Grill aus dem Nebenraum auf die Terrasse zu tragen.

Simone stellt in das Regal im Nebenraum eine Packung Instantkaffee, ein Glas mit Zucker, eins mit Honig und legt ein recht weiches Paket Butter daneben. Michaela stellt zwei Flaschen Milch dazu und sagt im Hinausgehen hocherfreut: »Du, Simone, da ist ja eine Tür ins Plumpsklo! Du, da müssen wir gar nicht ins

Freie, wenn wir am Abend oder in der Nacht einmal müssen.«

»Herrje, echt wahr!«, staunt Simone und macht die Tür zögerlich auf. »Du, Micha, das ist ja auch recht sauber, und man riecht so gut wie nichts.« Sie schließt die Tür wieder und meint dann: »Vielleicht können wir auch im Sommer hier heraufkommen. Der Max hat mir erst gestern gesagt, dass unten im Tal zwei herrliche Seen liegen, die im Sommer schön warm werden.«

»Ach, das wäre ja super! Du, da müssen wir nachher den Rocco unbedingt fragen.«

Der hat das durch die offene Nebenraumtür gehört, und während er hereinkommt und vom obersten Regalbrett einen Sack Grillkohle nimmt, sagt er: »Das könnten wir sicher machen, falls sich am Anfang der nächsten Sommerferien eine Schönwetterperiode abzeichnen sollte. Denn bei Tiefdruck, meine Damen, ist es hier oben äußerst ungemütlich. Für drei oder vier Tage«, fügt er ein wenig verschmitzt hinzu, »müsstet ihr allerdings deutlich mehr als heute hier herauftragen.«

»O Rocco, das würde mir nichts ausmachen!«, versichert ihm Michaela. »Denn mir gefällt es hier heroben so gut, dass ich gerne zwei oder drei Kilo mehr mitschleppe.«

Am großen Tisch im Hauptraum ist Ivana gerade dabei, auf einem Schneidbrett eine Salatgurke in Scheiben zu schneiden. Drei rote Paprika liegen daneben auf einem Steinguttteller.

Simone fragt mit Blick auf die Paprika: »Ich darf doch?«

»Aber gerne, Simone«, sagt die junge Slowenin

mit deutlichem Akzent, der sie besonders sympathisch macht.

Simone holt aus dem Geschirrschrank ein Messer und schneidet die Paprika in Streifen. Sie nimmt dann das Futter mit den Kernen heraus und legt die Streifen sternförmig auf den Teller.

»Robert ist so stolz auf euch«, sagt Ivana, während sie aus ihrem Rucksack ein Paket weiße Servietten nimmt. »Und er setzt so viel Hoffnung in euch, weil er meint, dass nur die Jugend – die Jugend in aller Welt, sagt er immer – die Geschicke der Menschheit in eine positive Richtung lenken kann. Und er meint auch, dass inzwischen viele junge Menschen spüren, dass der Weg, den die Generationen vor ihnen eingeschlagen haben, an dem sie leider auch festhängen, nicht länger gegangen werden darf, weil er in einer weltumspannenden Katastrophe enden würde.«

Simone nickt nur dazu und sagt: »Wir könnten doch schon anfangen, den Tisch draußen zu decken, oder?«

»Denk ich auch, in einer Viertelstunde sind Justus und Robert bestimmt so weit. Die zwei arbeiten ja so was von perfekt zusammen, man könnte meinen, dass sie schon seit langem ein Team bilden.«

»Ja, Ivana, für den Justus ist unser Rocco … entschuldige, ist dein Robert besonders wichtig, denn Justis Zuhause ist arg einfach angelegt.«

Ivana nimmt neun flache Teller aus dem Geschirrschrank und bringt sie mit dem Paket Servietten hinaus.

Simone legt neun Messer, Gabeln und Kaffeelöffel

in einen Besteckkorb, holt aus ihrem Rucksack noch kleine Schraubgläser mit Pfeffer und Salz und eilt hinter Ivana her.

Als ein paar Minuten später der Rest der Männertruppe wieder zur Hütte kommt – Robert hatte sie gebeten, dürre Zweige und Äste für das Anheizen des Herdes am Abend und Morgen aus dem Wald zu holen –, sind sie alle vier hin und weg, als sie den schön gedeckten Tisch vor der Hütte sehen. Neben den Tellern liegt das Besteck auf dekorativ gefalteten Servietten; mitten auf dem Tisch, zwischen den Tellern mit den Gurkenscheiben und Paprikastreifen, steht ein Weißbierglas, in das Michaela Zweige mit leuchtend roten Beeren gestellt hat, und an jedem Tischende türmt sich in einem Suppenteller ein Berg Baguettescheiben.

Selbst Moritz findet erst nach einer Weile zu einer höchst passenden Bemerkung: »Herrgott«, bricht es aus ihm heraus, »was wäre die Welt ohne die Frauen?!«

»Und ohne euch Männer«, meint Ivana lächelnd. »Und wenn ihr jetzt auch noch die Äste und Zweige klein hackt, dann im Korb neben dem Herd deponiert und schließlich auch noch ein paar Scheite von dem Holz an der Hüttenrückwand danebenlegt«, schließt sie – nun betörend lächelnd – daran an, »dann seid ihr mit uns Frauen auf jeden Fall gleichgezogen.«

Robert bringt aus dem Nebenraum eine Axt und die vier marschieren zum Hackstock hinter der Hütte.

Dort müssen sie unbedingt testen, wer mit der Axt am effektivsten umgehen kann.

Der Benedikt gewinnt diesen Wettbewerb mit links, was den Moritz erneut zu einem Kommentar verleitet: »Wenn man Großbauer mit Abitur werden will, dann muss man offenbar auch mit der Axt spitzenmäßig umgehen können.« Er versetzt dem Benedikt noch einen anerkennenden Schlag auf den Rücken und holt dann den Holzkorb aus der Hütte.

Gerade als er sich mit dem vollen Korb durch die Hüttentüre zwängt, ruft der Justus: »Leute, bringt eure Bratwürste und euer Fleisch, wir können loslegen!«

Im nordseitigen und inzwischen ziemlich dunklen Nebenraum herrscht dann eine Zeit lang ein mords Gedränge und Gesuche.

Benedikt wird als erster fündig, und so drückt ihm Ivana einen Krug in die Hand mit der Bitte, ihn am Brunnen aufzufüllen. Als er mit dem randvollen Krug zurückkommt, motzt der Moritz: »Mann, Beni, zwei Flaschen Bier hättest du doch leicht mitbringen können!«, und rennt dann auch schon zum Brunnen hinunter. Auf den letzten Metern stolpert er über eine Wurzel und liegt in der nächsten Sekunde auf der Nase.

Als er mit betretener Miene wieder heraufkommt, meint der Benedikt grinsend: »Also, ich an deiner Stelle würde kein Bier trinken, du bist ja jetzt schon nicht mehr sicher auf den Beinen.«

Der Moritz sagt nichts dazu. Er stellt vier Flaschen auf den Tisch und lässt sich ziemlich bedient auf die Bank fallen. Die im Südwesten über der Zugspitze stehende Sonne scheint ihm voll ins Gesicht, und so schirmt er die Augen mit der rechten Hand ab.

Ivana, die gerade ein paar Gläser auf den Tisch stellt, fragt besorgt: »Moritz, was ist, tut dir vielleicht der Kopf weh?«

»Nein, nein, Ivana, mich blendet nur die Sonne! – Aber … aber mir stinkt es gewaltig, dass ich mich so blamiert habe … ausgerechnet vor dir. Vor … vor dir, wo … wo du doch so eine tolle Frau bist!«

Ivana fährt dem angeknacksten jungen Mann sanft übers gelockte schwarze Haar, drückt ihm auch noch einen Kuss auf die Wange und geht dann zum Grill hinüber.

Ivana Sukova hat ein Problem, um das sie manche Frau vermutlich beneiden würde. Sie zieht junge Männer an wie ein Magnet. Deshalb hat sich ihr Mann nach nur zwei Jahren Ehe in ihrem Heimatland Slowenien von ihr getrennt. Er konnte es einfach nicht länger ertragen, dass seiner Frau immer und überall die Blicke von jungen Männern folgen. Robert dagegen stört das überhaupt nicht und es macht ihn auch kein bisschen eifersüchtig.

Im Zug nach Garmisch-Partenkirchen saß ihr Justus gegenüber, und es ist ihr nicht entgangen, wie schwer das für ihn war. Er hat immer wieder ganz unmotiviert nach links und recht geschaut, hat in seinem Rucksack herumgekramt, zwischendurch seinen Blick aber auch kurz auf sie gerichtet.

›Was ist das doch für eine Frau‹, wirbelte es nahezu ohne Pause durch seinen Kopf. ›Simone und Micha sind ja auch recht hübsch und anziehend, aber diese Ivana, die ist ja ein ganz anderes Kaliber.‹ Und so war er auch ganz dankbar dafür, dass er sich, als der Zug an der B2 entlang fuhr, mit dem Stau auf dieser Straße ablenken konnte und hat, obwohl er ja eher pro Auto eingestellt ist, mit Robert und der ganzen Gruppe lang und breit über den Autowahnsinn debattiert.

Als sie alle am Tisch sitzen, stürzt Ivana den Justus erneut in eine arge Verlegenheit, weil sie nach dem ersten Bissen sagt, dass sie so perfekt gegrilltes Fleisch noch nie vorgesetzt bekommen hätte. Diesem Lob schließt sich die ganze Gruppe einhellig an. Und als dann auch noch die Bratwürste spitzenmäßig schmecken, meint der Moritz, dass der Justus ein Genie am Grill sei und dass es ihnen nicht besser gehen könnte, und darüber hinaus die Welt nirgendwo schöner sein kann.

Gerade mit Letzterem liegt Moritz wohl ziemlich richtig. Denn die über der Zugspitze stehende Sonne, das von ihr dramatisch ausgeleuchtete Wettersteingebirge und der grün schimmernde Talgrund, aus dem das Schloss Elmau wie ein Märchenschloss aufragt, das alles vereinigt sich zu einem atemberaubenden Bild, das wohl jedermann gerne an einen Schöpfergott glauben lässt.

Und so stoßen die jungen Leute – Ivana und Robert kann man ja durchaus dazu zählen – zum wiederholten Male mit Bier und Wasser auf den wunderbaren Tag und Roccos megageile Idee an.

Während er mit einer Scheibe Baguette seinen Teller blitzblank wischt, fragt der Gerhard: »Rocco, wie bist du eigentlich zu dieser Hütte gekommen?«

»Du, bevor ich zu euch ans Gymnasium kam, habe ich in einer Privatschule am Starnberger See ein Jahr lang Mathematik und Physik unterrichtet. Ein Schüler aus wohlhabendem Hause sollte unbedingt das Abitur schaffen, aber seine Leistungen – gerade in diesen beiden Fächern – hätten das verhindert. Ich habe ihn ein paar Monate lang zusätzlich unterrichtet, konnte die Abneigung auflösen, die der musisch veranlagte junge Mann gegen diese Fächer hegte, und so hat er das Abi schließlich auch geschafft. Sein Vater war so was von erleichtert, dass er mich, als Dankeschön sozusagen, für ein Wochenende hierher eingeladen hatte. Wir haben uns auf Anhieb sehr gut verstanden, und als wir nach zwei Tagen die Hütte wieder verließen, drückte er mir den Schlüssel in die Hand und sagte: ›Robert, das ist jetzt dein Schlüssel und du kannst dich hier aufhalten, so oft du willst. – Ja, Leute, ich muss immer nur nachfragen, ob er nicht selbst in Gesellschaft hier herauf kommt.‹«

»Mann, Rocco, das ist vielleicht ein Ding!« Der Moritz knallt die rechte Faust auf den Tisch und läuft dann regelrecht über: »O Mann, was sag ich denn, das ist ja wie ein Sechser im Lotto! – Und wir, Leute«, er schaut restlos begeistert in die Runde, »und wir haben auch etwas davon. Herrje, das ist ja obergeil!« Er greift sich daraufhin seine Bierflasche, hebt sie hoch und stößt heraus: »Prost, Rocco!«

Ivana hat mittlerweile zwei Dosen Ananasscheiben geöffnet, die Scheiben auf den Grill gelegt und mit Honig beträufelt.

Nach ein paar Minuten kommt sie zum Tisch und sagt: »Der Nachtisch ist fertig. Bitte, bedient euch.«

Und dann regnet es wieder Lobeshymnen. Und nach dem letzten Bissen, und mit Blick auf das Schloss, meint der Maximilian gar: »Denen da unten kann es nicht besser gehen, auch wenn im Schloss wahrscheinlich nur Spitzenköche am Werkeln sind.«

Mit »Ganz bestimmt nicht!« stimmt ihm Justus total überzeugt zu. »Und da fragt man sich schon, warum manche Typen so etwas brauchen.«

»Weil sie nichts anderes kennen«, befindet der Gerhard souverän wie immer. Und nach kurzem Überlegen schickt er hinterher: »Da unten sind bestimmt immer ein paar von den Leuten dabei, auf die unser Internetprotest abzielt.«

»Das kann gut sein.« Robert Weinbauer schiebt seine Bierflasche eine Weile im Kreis herum und untermauert dann seine Zustimmung: »Das Schloss Elmau ist inzwischen Glied in einer schier endlos langen Kette von Spitzenherbergen, in welchen sich die Oberklasse trifft und austauscht, und ist somit auch ein Ort, von dem ganz wesentliche Impulse für den Lauf der Welt ausgehen. Das Schloss ist aber auch ein Ort, an dem Vorträge, Diskussionen und kulturelle Veranstaltungen auf höchstem Niveau stattfinden.«

»Rocco, woher weißt du denn das alles?!«, fragt der Gerhard fast vorwurfsvoll.

»Von unserem Lehrer für Deutsch und Geschichte, vom Brandmeier.«

»Ach, vom alten Brandmeier! Okay, dem trau ich zu, dass er da unten manchmal auftaucht. Der hat ja ein Faible für hohes Niveau. Mir kommt er allerdings zu oft recht abgehoben daher, und so ist er auch nicht dafür zu haben, die reale Welt im Ganzen unter die Lupe zu nehmen.«

»Kein Widerspruch, Gerdi. Und somit muss man leider zur Kenntnis nehmen und darf nicht aus den Augen verlieren, dass sich die Asymmetrie hierzulande und in der Welt auf eine relativ sichere und weit gespannte Basis stützen kann, weil auch in den unteren Bevölkerungsschichten Geister unterwegs sind, die diese ziemlich gedankenlos akzeptieren beziehungsweise mittragen.«

Ivana steht auf und fragt in die Runde: »Wer von euch füllt mir den großen Topf mit Wasser auf? Ich möchte jetzt abspülen.«

So schnell wie der Justus aufsteht, können die anderen nicht einmal denken. »Ich mach das«, sagt er und geht mit Ivana in die Hütte. Mit einem großen Topf kommt er wieder heraus und marschiert pfeifend zum Brunnen hinunter.

Als er heraufkommt, zieht dünner heller Rauch über die Terrasse. Simone, die mit verträumten Augen am Maximilian lehnt, atmet den Rauch durch die Nase ein und sagt: »Wie gut der riecht, ich wusste gar nicht, dass Holzrauch so gut riechen kann.«

»Der riecht so gut, weil wir nur ganz trockene Äste und Zweige eingesammelt haben und der hohe Rauchfang für guten Zug sorgt«, klärt sie Benedikt auf.

Mit »Mensch, Beni, jetzt lässt du den Landwirt wieder schwer heraushängen!« spitzt ihn der Moritz nur zu gerne an. Er wendet sich aber gleich darauf zum Lehrer hin und sagt: »Du, Rocco, du weißt ja über den Betrieb im Schloss recht gut Bescheid; dann sag mir doch bitte auch, wie es sein kann, und warum es so bleibt, dass die einen ihre Stromrechnung nicht bezahlen können und andere nicht wissen, wohin mit ihrem Geld.«

Michaela, die neben dem Lehrer sitzt, versetzt dem

einen Stoß mit dem Ellenbogen und sagt lachend: »Rocco, jetzt wird's schwierig, oder?«

»Aber wirklich, Micha!«

Justus kommt aus der Hütte und stellt die Teller zu einem Stapel zusammen. Simone nimmt einen davon, legt das Besteck hinein und will es in die Hütte bringen.

»Du, ich mach das schon«, sagt der Justus eilig und stellt den Teller mit dem Besteck auf den Stapel.

Simone und Michaela schauen sich mit vielsagendem Blick an und der Moritz meint grinsend: »Lass bloß nichts fallen, Hausmann!«

»Du, ich mach das bei uns daheim fast jeden Tag, und außerdem hab auch nicht zwei linke Hände wie du!«

»Herrgott, erst der Beni siebeng'scheit, und jetzt auch das noch! Mann, o Mann, ich fass es einfach nicht! – Rocco, komm, lass uns über das Wesentliche reden.«

»Okay! – Ja, Moritz, deine Frage ist ja tatsächlich sehr bedeutsam, aber leider auch nicht leicht und wirklich schlüssig zu beantworten. Dazu kursieren seit eh und je ganz unterschiedliche Antworten, sozusagen ein ganzer Strauß von Antworten, und die Leute pflücken sich immer diejenige heraus, die zu ihren Lebensumständen passt, die sie dann auch als die einzig wahre erachten.«

»Wir sind bei einem Grundproblem der Menschheit angelangt«, sagt der Gerhard und lehnt sich mit verschränkten Armen an die Hüttenwand.

»Richtig, Gerhard! Und ich muss gestehen, dass ich

es eigentlich nicht im Kreuz habe, halbwegs überzeugend und umfassend dazu Stellung zu nehmen.«

Michaela versetzt dem Lehrer erneut einen Stoß mit dem Ellenbogen und sagt streng: »Rocco, drück dich nicht! Du hast doch schon des Öfteren zu erkennen gegeben, dass dich das Thema Arm und Reich nicht überfordert, dass du die Steilwand, die aus den Hungertälern weit hinauf zum Plateau Überfluss ragt, ganz gut durchsteigen kannst.«

»Herrje, Micha, was für eine geschraubte Formulierung!«, ächzt da der Moritz und schnappt sich seine Bierflasche. Nach einem guten Schluck meint er allerdings: »Aber Recht hast du trotzdem. – Also, Rocco, wir wollen was von dir hören!«

Der junge Lehrer fährt sich mit beiden Händen übers Haar und sagt dann: »Also, Leute, ich mach es mir erst einmal nicht allzu schwer und sage, dass Arm und Reich im Grunde immer aus ungerechten Gesellschaftsverhältnissen erwachsen. Die gängigste Form der Vermögensanhäufung ist, dass einzelne Menschen oder Gruppen Nutzen aus der Arbeit vieler Hände ziehen. Dass die Vermögensunterschiede in aller Regel auch immer größer werden, liegt daran, dass der Vermögende in der Wirtschaftswelt naturgemäß die besseren Karten in Händen hält, nicht zuletzt auch deshalb, weil Reichtum der Politik geradezu automatisch einen Rahmen zu Gunsten der Reichen vorgibt.«

»Okay, Rocco«, sagt der Gerhard und richtet sich auf. »Mich wundert nur, dass die Reichen und Superreichen nicht von sich aus diese Spirale kappen, wenn das die Regierungen der meisten Volksgemeinschaften schon nicht schaffen. Denn die Leute auf dem Überflussplateau, wie Micha so schön sagte, müssten doch eigentlich überreißen, dass die Menschen in den Hungertälern dieses Plateau irgendwann stürmen werden. Und so kann ich mir auch nicht gut vorstellen, dass Reichtum wirklich schön sein kann und glücklich macht, und das schon gar nicht, wenn es unter mir brodelt. Und ich kann mir auch nur schwer vorstellen, dass das Leben der Reichen schöner sein kann, als das einfache Leben, das uns hier und heute geboten ist.«

»Dem kann man eigentlich nicht widersprechen, Gerhard. Die vergangenen Jahrtausende belegen aber recht deutlich, dass Reichtum erstrebenswert sein muss, dass er gesucht wird, auch wenn er mit Risiken verbunden ist, was die vergangenen Jahrtausende ja auch belegen. Sich auf Kosten anderer zu bereichern, heute sogar auf Kosten der Natur beziehungsweise zu Lasten unserer Lebensgrundlagen, davon geht offenbar eine Faszination aus, der der Mensch leider nur allzu leicht erliegt.«

Der Moritz, der dem Lehrer gegenüber auf einem Klappstuhl sitzt, fährt hoch und stößt heraus: »Und jetzt sind wir endgültig beim Thema, Rocco! Wenn nämlich diese Faszination unsere Lebensgrundlagen zerstört, dann sind wir Jugendlichen geradezu aufgerufen, dagegen etwas zu unternehmen! Auch dann, Rocco, wenn bestimmte Kräfte, wie zum Beispiel beim G7-Treffen in dieser Luxusherberge da unten«, er dreht sich um und schaut zum inzwischen hell erleuchteten Schloss hinunter, »das zu verhindern versuchen!«

»He, Mori, was fährst du denn den Rocco so an,

der ist doch ganz auf unserer Seite! Mann, das kannst du doch nicht vergessen haben!« Michaela dreht sich nach diesem Schuss zum Lehrer hin und meint entschuldigend: »Zu viel Bier wahrscheinlich.«

Der Moritz lässt sich in die Lehne fallen und murmelt stockend: »Entschuldigt ... entschuldige Rocco ... Mir ... mir stinkt das Ganze manchmal dermaßen, sodass ich nur mehr rot sehe und mir dann alle Sicherungen herausfliegen.«

»Du, das verstehe ich ganz gut. Ich finde ja auch, dass man die gegenwärtigen Verhältnisse geradezu als Aufruf für eine Gegenbewegung empfinden muss. Und so sehe ich es auch eher kritisch, dass derzeit viele junge Menschen – insbesondere junge Männer – aus ihrer Heimat flüchten, statt gegen die Missstände dort anzugehen.«

»Wenn er um sein Leben fürchten muss, Rocco, dann flüchtet der einfache Mensch halt lieber«, sagt Simone und drückt sich an den Maximilian.

»Zugestanden, Simone, aber geringer Widerstand macht Missstände oft erst möglich.«

»Und jetzt«, sagt der Gerhard kühl und lehnt sich wieder zurück, »sind wir wohl am alles entscheidenden Punkt angelangt. Wenn nämlich irgendwo missliche Zustände einkehren, dann sind vermutlich immer beide Seiten daran schuld, die Bevorzugten, wie auch die Benachteiligten.«

»So sehe ich das auch«, knurrt der Maximilian, »und deshalb müssen wir kämpfen, bevor es zu spät ist!«

Ivana, die sich gerade an den Türstock der Hüttentüre gelehnt hat, ruft lauthals: »Bravo, Maximilian, bravo!«, und klatscht begeistert in die Hände.

Justus schiebt sich mit einer Schüssel Spülwasser an ihr vorbei, löscht damit vorsichtig die Glutreste im Grill und schüttet dann den Rest ins Plumpsklo hinter der Hütte.

Im Tal ist es inzwischen dunkel geworden, und nun sind auch rund um das Schloss viele hundert Lichter angegangen.

Der Justus, der mit der Schüssel in der Hand noch einmal zum Grill marschiert war, ruft mit einem Mal: »Herrje, was ist denn da unten los?!« Er dreht sich um und ruft: »Rocco, komm doch mal her, da fährt ja ein Auto nach dem anderen zum Schloss!«

Bis auf Simone und Maximilian stehen alle auf, kommen zum Grill und sehen, wie auf der Klaiser Straße ein nicht enden wollender Lichterfluss zu den Parkplätzen am Schloss strömt.

»Im Schloss findet vermutlich ein Konzert statt, und da kommen nicht wenige sogar bis aus München hierher.« Und nach kurzem Überlegen mutmaßt der Lehrer auch noch: »Könnt aber auch sein, dass ein bedeutender Mensch einen Vortrag hält.«

»Wie man die kleinen Leute unten halten kann, vielleicht«, sagt der Gerhard mit grimmiger Miene.

Und Justus lässt heraus, es ist nicht zu erkennen, ob er es ernst meint oder ob es ein Gag sein soll: »Ja, Leute, vielleicht ist das schon eine Reaktion auf unsern Internetprotest. Das wär doch was, oder?«

Der Moritz versetzt ihm einen Stoß mit dem Ellenbogen und meint breit grinsend: »Könnt leicht sein, Justi. Du, vielleicht werden wir demnächst sogar ins

Schloss zu einem Diskussionsabend mit den feinen Herrschaften geladen.«

Michaela dreht sich zum Lehrer hin und sagt: »Rocco, die haben zu viel Bier erwischt, ich bin jetzt bloß gespannt, wie das heute weitergeht.«

Darauf muss sie nicht lange warten, denn im nächsten Augenblick rennt der Moritz in Richtung Brunnen los und brüllt ins Tal hinunter: »Ihr Menschen ganz oben, wir kommen, wir lassen uns von Euch die Zukunft nicht kaputt machen!«

Die Wurzel beim Brunnen hat es diesmal gut mit ihm gemeint – sie hat ihn durchlaufen lassen. Nach etwa hundert Metern hält er an – er ist in der mondlosen Nacht gerade noch zu sehen –, winkt noch übermütig ins Tal hinunter, dreht dann um und marschiert schnellen Schrittes zurück.

Als er auf der Terrasse ankommt, legt Ivana ihren rechten Arm um seine Schultern, zieht ihn an sich heran und sagt amüsiert: »Das haben die bestimmt gehört, Moritz!« Sie drückt ihm auch noch einen Kuss auf die Wange und schlägt dann vor: »Wir gehen jetzt am besten in die Hütte. Hier heraußen wird es allmählich kalt.«

Der Moritz folgt ihr wie ein braver Hund und denkt aufgeregt: ›Mann, ist das eine Frau! Der Rocco hat echt Schwein.‹

Justus und Robert tragen den Grill unter das Vordach der Hütte und räumen die Klappstühle in den Nebenraum.

In der Hütte ist es angenehm warm, und auf dem großen, rechteckigen Tisch in der Ecke neben der Tür brennen vier Kerzen, die Ivana gleich nach dem Abspülen angezündet hat. Ivana findet Kerzenlicht romantischer als das Licht von den beiden Petroleumlampen, die in der Tischecke an den Wänden befestigt sind.

Auf dem kurzen Schenkel der Eckbank sitzen inzwischen Simone und Maximilian, und auf dem langen Schenkel der Moritz, der Gerhard und der Benedikt.

Michaela kommt mit einer Dose Nüsse aus dem Nebenraum; hinter ihr der Lehrer mit einer Handlampe und Justus mit einer Flasche Rotwein. Er stellt sie auf den Tisch und sagt ein wenig verschämt: »Die ist von meinem Vater, und ich soll Grüße von ihm ausrichten.«

»Ja verreck!« Der Moritz fährt sich mit beiden Händen übers Haar und schickt dann hinterher: »Und ich dachte g'rad noch, dass bei dir der Wohlstand ausgebrochen ist.«

»Du Schmarre, du! Sag mir lieber, wo ich hier einen Korkenzieher finde.«

Michaela, die am Geschirrschrank die Nüsse in einen Suppenteller füllt, zieht die Besteckschublade auf und gibt ihm ein Mordstrumm von Öffner mit Griff aus Hirschgeweih.

Weil nicht zu übersehen ist, dass der Justus noch nicht oft eine Weinflasche entkorkt haben kann, beugt sich der Gerhard über den Tisch, nimmt ihm die Flasche und den Korkenzieher ab und erledigt das dann routiniert wie ein Oberkellner.

Der Justus bedankt sich und sagt auch noch verlegen: »Man kann ja nicht alles können. – Aber jetzt, Leute, wer von euch möchte etwas vom Wein?«

Simone, Michaela und Benedikt wollen beim Brunnenwasser bleiben. Ivana steht auf, nimmt aus dem Geschirrschrank sechs Weingläser und stellt sie auf den Tisch. Der Justus schenkt ein und setzt sich dann ans Tischende bei der Tür.

Robert Weinbauer hebt sein Glas, schaut in die Runde und sagt: »Also, dann auf unser aller Wohl und herzlichen Dank an deinen Vater, Justus.« Während er sein Glas nach einem guten Schluck abstellt und sich wieder Justus zuwendet, fragt er: »Du, wie kommen wir eigentlich zu der Ehre, dass dir dein Vater eine Flasche Wein für uns mitgibt?«

»Du, Rocco, der Papa hat eigentlich nur gesagt, die ist für euch, und richte Grüße von mir aus. Der Papa redet nicht viel, Rocco. Er ist ja Maurer, und wenn er gegen Abend heimkommt, ist er meistens fix und fertig, will nur etwas essen, dann vielleicht eine Zeit lang fernsehen und dann geht er auch schon ins Bett. Er ist ja schon achtundfünfzig, und in dem Alter schlaucht dich der Bau jeden Tag ärger. – Aber, Rocco, ich glaub, ich weiß schon, warum er mir die Flasche mitgegeben hat. Er ist nämlich richtig dankbar dafür, dass ihr meine Freunde seid. Und er ist jeden Tag richtig froh darüber, dass ich nicht mit den Jungendlichen aus der Bahnhofstraße herumziehe und mich nicht in der Nauderstubn blicken lasse. – Ja, und dann ist da noch etwas: Der Papa liest unsere Zeitung jedes Mal von der ersten bis zur letzten Zeile. Und erst letzten Sonntag hat er zu mir gesagt, dass er einen Leserbrief schreiben will, in dem auch drinsteht, dass unsere Zeitung die beste im ganzen Land ist, und dass sich die großen Zeitungen eine Scheibe von uns abschneiden können. Und …«

Justus bricht ab, weil das Team mit den Fäusten frenetisch auf den Tisch hämmert.

Als wieder Ruhe eingekehrt ist, fragt der Lehrer erneut: »Und warum kommen wir zu einem so dicken Lob, Justus?«

»Weil wir schreiben, was sonst niemand schreibt. Gegen den Wachstumswahn, meint er, redet niemand so fundiert und konsequent wie wir, und das Überhandnehmen der Investorengilde haben bisher nur wir angesprochen. Die meisten Zeitungen nehmen seiner Meinung nach Rücksicht auf bestimmte Interessen oder sind in der Hand von Leuten, die eine bestimmte Linie verfolgen. Das Investorentum ärgert ihn übrigens seit Monaten ganz besonders, weil er auf der Großbaustelle am Sternanger beschäftigt ist, wo ein Investor oder eine Investorengruppe, er weiß das nicht so genau, mehr als hundertfünfzig Wohnungen hochziehen lässt. Richtig wütend kann er da werden, weil er meint, dass sich in unserem Land inzwischen nur mehr wenige Bürger ein Haus leisten können, was dazu führt, dass die Bevölkerung zunehmend in die Fänge dieser Leute gerät. Und er sagt, dass Investoren inzwischen überall auftreten, und so ist das Land für ihn zu einem Investorenraum verkommen, in dem die Bürger und ihre Vertretungen immer weniger zu melden haben.«

»Genau so ist es!« Maximilian nimmt seinen Arm von Simones Schultern und berichtet: »Mein Meister zeigt mir immer wieder einmal Artikel in der Handwerkerzeitung, die letztlich erkennen lassen, welches Gewicht der Investor in der Wirtschaft heutzutage erlangt hat. Und dieses Gewicht, Leute, nimmt von Jahr zu Jahr zu!«

Gerhard trinkt einen Schluck Wein, greift sich noch ein paar Nüsse und sagt dann: »Ich hätte dazu einen ziemlich brutalen, aber geradezu maßgeschneiderten Witz, Freunde. Wollt ihr ihn hören?«

»Her damit!«, sagt Michaela und lehnt sich erwartungsvoll zurück.

»Also, Leute, ein Investor sagt zum anderen: ›Du, Heidenreich, siehst du noch irgendwo eine gute Anlagemöglichkeit?‹ ›Leider nein, lieber Baron von Rabenberg, die Zeiten sind schlecht für uns Anleger, weil uns der Staat und die Wirtschaft gnadenlos auf unserem Geld sitzen lassen. Aber vielleicht, Baron, ist es bald so weit, dass man auf dem Feld des Hochwasserschutzes investieren und auch eine gute Rendite erzielen kann.‹ ›Respekt Heidenreich, exzellent überlegt! Ja, und so könnte der Hochwasserschutz auch zu unserer Rettung beitragen.‹«

Zunächst kann keiner am Tisch darüber lachen. Das Gesicht vom Moritz beginnt allerdings nach einer Weile wild zu zucken, und dann lacht er auch schon wie besessen. Er reißt schließlich alle bis auf den Gerhard mit, der, die Nüsse kauend, mit Pokermiene auf der Bank sitzt.

Nachdem sich Robert die Lachtränen aus dem Gesicht gewischt hat, sagt er keuchend: »Ziemlich makaber, aber vielleicht bald Realität.«

»Ich hätte einen besonders krassen von meinem Vater«, sagt der Justus und schaut fragend in die Runde.

»Gut, einen noch«, meint Simone, »aber dann muss es genug sein mit den grausigen Geschichten.«

»Okay! – Also, der geht so: Am Wiener Zentralfriedhof wird ein stinkreicher Österreicher pompös beerdigt.

Nur die engsten Freunde begleiten ihn auf seinem letzten Weg. Sagt einer zum anderen: ›Der Oskar war der cleverste von uns, er hat am Ring fast jedes zweite Haus mit Billigfirmen aus Ungarn und Tschechien veredelt. Als dann dort nicht mehr viel ging, Ferdinand, hat er sich das Bestattungsunternehmen ›Pietät‹ unter den Nagel gerissen, weil da immer was geht. Und so kann er sich heute höchstselbst gewinnbringend begraben.‹«

Diesmal zuckt beim Moritz nicht einmal das Gesicht. Und nach einer Weile stöhnt Simone: »Den hätt ich nicht unbedingt haben müssen, Justi!«

»Tut mir leid, Simone«, sagt der enttäuscht, meint dann aber doch: »Aber er passt doch, oder?«

»Am Bau vielleicht, Justi!«, und dann knallt ihm Michaela auch schon über das Eck vom Tisch hinweg die Faust auf den Oberarm.

Mit »Okay, Leute, verabschieden wir uns von diesen Kalauern und wenden uns der Fahrt nach Italien zu« kappt Weinbauer routiniert den Disput.

»O ja! Und ich muss sagen«, Ivana schaut in die Runde, »dass ich gerne mit dabei wäre. Aber ich bekomme in der Ferienzeit keinen Urlaub, weil die Kolleginnen und Kollegen mit Kindern Vorrang haben.«

»Ja, was machst du denn eigentlich, Ivana?«, fragt Justus sogleich.

»Ich arbeite, wie früher schon in Slowenien, in einer Einrichtung für behinderte Kinder.«

»Aha ... und das ist kein leichter Job, oder?«

»Manchmal nicht. Aber *Job*, Justus, ist nicht die passende Bezeichnung dafür. Es ist eine Aufgabe, die deinem Leben Sinn gibt, denn du spürst jeden Tag, wie wichtig sie ist. Ja, ich könnte sogar sagen«, Ivana schaut wieder in die Runde, »jeder Tag, den ich mit den Kindern verbringe, ist ein Geschenk; sowohl für mich, wie auch für die Kinder. Sicher begleiten auch Schatten diese Tätigkeit, aber die von tiefem Glücksgefühl erfüllten Stunden überwiegen bei weitem.«

Am Tisch ist es für ein paar Augenblicke ganz still. Und dann stoßen Justus und Moritz nach einmal tief Luft holen nahezu gleichzeitig heraus, sie können einfach nicht anders: »Ivana, du bist eine Wahnsinnsfrau!«

Die junge Slowenin schaut die beiden lächelnd an und Robert legt seinen linken Arm um sie und drückt sie an sich.

Und nach einmal tief Durchatmen sagt der Gerhard schwer beeindruckt: »Ja, Ivana, und damit wird ein weiteres Mal deutlich, dass wahres Glück nichts mit Besitz, Reichtum und Macht zu tun hat.«

»Auf solch kluge Worte sollten wir anstoßen«, meint der Lehrer und hebt sein Glas.

»Und auf unsere Ivana auch!«, sagt Justus inbrünstig.

Nachdem er sein Glas mit Bedacht abgestellt hat, sagt der Maximilian nachdenklich: »Der Gerhard wird vielleicht einmal unser Kanzler … in zwanzig Jahren vielleicht schon.«

»So lange können wir auf einen guten Kanzler nicht warten!«, stößt da der Benedikt heraus und legt nach einem heftigen Schnaufer aufgebracht nach: »Schon im nächsten Jahr muss da was passieren, Leute!«

»Wie denn, und mit wem denn, Beni?!« Simone stützt sich mit beiden Unterarmen auf dem Tisch ab und schimpft: »Ich sehe weit und breit keine Frau und keinen Mann, mit der beziehungsweise mit dem ich einverstanden sein könnte! Oder seht ihr vielleicht jemanden?!« Sie schaut mit verbiesterter Miene in die Runde und schimpft dann weiter: »Die Politiker, die derzeit ganz vorne stehen, sind doch für uns absolut inakzeptabel, oder?«

Der ganze Tisch nickt.

»Ja heißt das etwa, dass du, ja und auch du Maximilian und du Gerhard … dass ihr im nächsten Jahr nicht zur Wahl gehen werdet?«, fragt Justus irritiert.

Die drei nicken.

»Ja, und du, Rocco, was machst du?«

Der junge Lehrer lehnt sich zurück und sagt: »Freunde, das ist heute schon die zweite oder dritte verzwickte Frage.«

Er setzt sich wieder auf, fasst den Stiel von seinem Weinglas, dreht es nach links und rechts und eröffnet dann den jungen Leuten: »Als ich vor sieben Jahren das erste Mal bei einer Bundestagswahl wählen durfte, habe ich die Grünen gewählt, weil meine Mutter damals noch für Bündnis 90/Die Grünen in unserem Stadtrat war, und weil sie als ganz junge Frau mit dabei war, als die Grünen in Bayern aus der Taufe gehoben wurden. Heute ist die grüne Partei für uns beide ein Problem, weil sie sich zu weit von ihren ursprünglichen Zielsetzungen entfernt hat und ihre Spitzenleute bestenfalls graugrün daherkommen.«

Während er sich die letzten Nüsse aus dem Teller fischt, fragt Gerhard nachdenklich: »Ja Rocco, wo machst du dann im nächsten Jahr dein Kreuz? … Bei der Linken etwa?«

»Müsst ich eigentlich. Aber Die Linke, Gerhard, ist ja auch eine Truppe mit Haken und Ösen.«

»Dann gehst also auch du nicht zur Wahl, Rocco?« Justus schüttelt den Kopf und sagt nach einer Weile: »Dir geht es wie meinem Vater, der sagt schon seit langem, dass man keine von den großen Parteien wählen kann, weil am Ende ziemlich das Gleiche herauskommt.«

»Weil wir in Wahrheit von den Leuten regiert werden, die wir im Internet anklagen. Die Parteien, eine wie die andere, wagen es doch nicht, eine Politik zu machen, die den Wirtschafts- und Finanzmächtigen nicht gefällt.«

»Mann, Moritz, mit wenigen Worten hast du ein dramatisches Dilemma beschrieben, Respekt!« Michaela fährt sich mit beiden Händen durchs halblange schwarze Haar und meint dann noch: »Ja, wir stecken fraglos fest, und so kann es auch passieren, dass unsere Schreiberei und unser protestieren so gut wie nichts bringt.«

»Du, ich bin da etwas optimistischer.« Ivana beugt sich nach vorne und fährt dann mit Blick auf Michaela fort: »Ich meine nämlich, dass die Großen dieser Welt gerade diejenigen jungen Menschen, die ernsthaft und mit langem Atem agieren, nicht missachten können. Denn unsere Welt ist auch für die Großen und Mächtigen nur dann dauerhaft ein lebenswerter Ort, wenn er das auch für die Jugend ist. Mit anderen Worten, gerade die Großen dieser Welt sind auf tatkräftige und zuversichtliche, und somit zufriedene junge Menschen angewiesen. Würden sie nämlich nur auf die angepassten Mitläufer unter den jungen Leuten setzen, dann müssten sie früher oder später zur Kenntnis nehmen, dass sie auf Sand gebaut haben.«

Robert drückt Ivana wieder herzlich an sich und will ihr sagen, dass sie großartig gesprochen hat. Er muss es aber sein lassen, weil das Zeitungsteam wieder vehement auf den Tisch trommelt.

Michaela steht nach dem Getrommel auf und füllt den Rest Nüsse in den Suppenteller. Sie nimmt dann die Handlampe und eilt in den Nebenraum.

Gerhard Stamm schaut ihr einen Moment lang nach, dann eine Weile nachdenklich in sein Weinglas und sagt schließlich: »Ich möchte noch einmal auf das Thema Reichtum zurückkommen. – Also, unser Rocco hat ja gemeint, dass so mancher reich wird, weil er Vorteile aus der Arbeit vieler Hände zieht, dass Reichtum in aller Regel automatisch wächst und von ihm auch eine gewisse Faszination ausgeht. Also müsste man doch nur verhindern, dass ein einzelner Mensch Vorteile aus der Arbeit vieler Hände ziehen kann.«

»Richtig!« Simone richtet sich auf und schickt hinterher: »Jetzt musst du uns bloß noch sagen, wie du das bewerkstelligen willst, du Kanzler in spe.«

»Herrgott, schon wieder eine schwierige Frage, was ist den heute nur los?!«, stöhnt da der Justus, beugt sich nach vorne und grapscht sich ein paar Nüsse.

»Das ist los!«, knurrt neben ihm die Michaela und zieht ihn mit aller Kraft am Ohr.

Der Justus heult auf und ruckt hoch. »Sag einmal, spinnst du?! Was ist denn mit einem Mal in dich gefahren?!«

»Du Sepp hast Spülwasser auf die Sitzfläche vom

Klo geschüttet! Mann, du Sepp, du schrecklicher!«

Dem Justus fallen die Nüsse aus der Hand und er sagt zerknirscht: »Micha, das tut mir leid. Es war schon so dunkel im Klo ... Aber ... aber viel kann es ja nicht gewesen sein, Micha.«

»Du, das ist doch egal! Nass ist nass, du Held!«

»Micha, sag, wie kann ich das wieder gut machen?«

»Du trägst morgen meinen Rucksack ins Tal hinunter, dann sind wir quitt!«

»Mach ich, Micha!«

Der Moritz, der den Disput grinsend verfolgt hatte, sagt total begeistert: »Da kommst du ja mit einem blauen Auge davon, du Spülwasserpisser. Einen Rucksack vorne, und einen hinten, da verlierst du auch nicht das Gleichgewicht. Das ist doch super, Justi!«

»Da redet genau der Richtige vom Gleichgewicht, *du* lagst doch heute schon auf der Nase, wenn ich mich recht erinnere!«

Jetzt grinst der ganze Tisch (außer dem Moritz natürlich).

Simone fährt nach einem Seufzer mit der rechten Hand über den Tisch und sagt dann ein wenig ungeduldig: »Leute, der Gerdi sollte uns doch verklickern, wie verhindert werden kann, dass ein einzelner Mensch an der Arbeit vieler Hände mitverdient. – Ach, Herrje«, sie schaut verdutzt in die Runde, »das hat ja auch etwas mit Gleichgewicht zu tun!«

»Genau!« Der Moritz will es bei der Zustimmung nicht belassen, möchte eigentlich auch noch sagen, wie man dieses spezielle Gleichgewicht herbeiführen, wie das Mitverdienen eingedämmt werden könnte, aber auf die Schnelle fällt ihm dazu nicht viel ein.

Dem Gerhard geht es offenbar ähnlich, und auch der Lehrer Weinbauer findet nicht auf Anhieb zu einer Stellungnahme. Er dreht also sein Weinglas wieder nach links und rechts und sagt schließlich: »Ja, Leute, wenn man im Bereich der Einkommen wenigstens halbwegs zu einem Gleichgewicht kommen will, dann muss man zumindest unsere Wirtschaftswelt ganz erheblich verändern. Darüber …«

Mit »Das sieht mein Vater auch so, Rocco!« fährt ihm Justus, der jetzt wieder voll da ist, in die Rede und schließt daran an: »Und der Vater meint, dass das nur eine Politik schaffen kann, die sich dem Gemeinwohl verschrieben hat.«

»Und von welchen Parteien beziehungsweise von welcher Regierung kann man das erwarten?«

Weil auf diese seine Frage die Antwort auf sich warten lässt, unkt der Gerhard: »Also hatte Micha vorhin möglicherweise doch Recht, als sie meinte, dass wir feststecken, dass wir uns umsonst anstrengen. Denn die Politiker, die in unserem Land an vorderster Stelle stehen, sind leider nur allzu oft nicht die stärksten Leute, die das Land vorweisen kann. Vorne reihen sich vor allem machthungrige Typen, Ellenbogenmenschen und große Redner ein. Und solche Politiker haben es nicht im Kreuz, einen Kurswechsel herbeizuführen, denn sie geben ohne Skrupel dem Druck von Seiten der gewichtigsten Leute in der Wirtschafts- und Finanzwelt nach, wenn denen eine Kurskorrektur nicht passt.«

Gerhards Worte lasten augenblicklich über dem Tisch wie ein Todesurteil. Simone schmiegt sich an den Maximilian, der Moritz stiert, den Kopf zwischen die Fäuste geklemmt und mit auf dem Tisch abgestützten Ellenbogen bewegungslos auf die Tischplatte, Ivana schaut ein wenig verunsichert in die Runde und Robert lehnt irgendwie abwesend im Stuhl. Benedikt und Justus sitzen steif da, der Gerhard ebenfalls. Der allerdings, angesichts der Wirkung seines Statements, einigermaßen geschockt, und in seinem Kopf wirbelt die Erkenntnis, dass er wieder einmal zu beinhart geredet hat.

Gerade als der Lehrer auf Gerhards Äußerungen eingehen will, fällt draußen ein Schuss, gleich darauf noch einer.

Alle schrecken hoch, und dann kracht es schon wieder.

Der Moritz schreit: »Das ist eine Schießerei!«.

Im nächsten Augenblick kracht es mehrere Male ganz kurz hintereinander.

Robert Weinbauer steht hastig auf und sagt: »Das ist ein Feuerwerk, Leute!«, und eilt auch schon hinaus.

Und dann steht die ganze Gruppe bass erstaunt am Terrassengeländer und schaut ins Tal hinunter, das in allen Farben leuchtet.

»Mann, tatsächlich ein Feuerwerk!«, stößt der Justus heraus.

»Und was für eins!«, schickt der Moritz hinterher.

Und Simone meint lachend: »Rocco, das hätte ich mir im Traum nicht einfallen lassen, dass du uns auch ein Feuerwerk präsentierst!«

»Ich mir auch nicht, Simone. Wahrscheinlich feiert man da unten einen runden Geburtstag, vielleicht sogar den vom Schlossherrn.«

»Herrgott, schaut mal, was das für ein Spektakel ist! Wie das leuchtet, und diese Raketen!« Michaela Hört ist schier aus dem Häuschen und meint nach einer Weile begeistert: »Und wir hier heroben sehen das Feuerwerk bestimmt viel schöner als die Leute unten am Schloss.«

»Ganz bestimmt, und ich hab noch nie ein so tolles Feuerwerk gesehen, Michaela, es ist einfach phantastisch!« Und während sich Ivana an ihren Freund drückt, sagt sie glücklich lächelnd zu ihm: »So eine tolle Überraschung, Robert! Wirklich ganz, ganz toll!«

Der lächelt zurück und drückt ihr einen Kuss auf die Wange.

Nach knapp einer Viertelstunde endet das Feuerwerk mit einer Rakete, die in großer Höhe explodiert und viele tausend rote Lichtpartikel ausstößt, die sich wie ein Schirm über dem Schloss ausbreiten und dann allmählich heruntersinken.

Der Applaus, den die Hotelgäste spenden, dringt bis zur Hütte herauf. Simone, Michaela und Ivana applaudieren ebenfalls. Schließlich drehen sich die drei ebenfalls um und folgen den jungen Männern in die Hütte.

»Du, ich möchte jetzt nicht mehr länger aufbleiben«, sagt Simone in der Hütte zum Maximilian. Dem ist das nur recht, und auch Benedikt und Justus meinen, dass es spät genug ist. Maximilian und Justus trinken noch den Rest Rotwein in ihren Gläsern und legen sie dann in die Spülschüssel auf der Ablage neben dem Herd. Schließlich verabschieden sie sich mit »Gute Nacht, zusammen!« und steigen im Licht einer Taschenlampe die Stufen in den Schlafraum hinauf.

Inzwischen haben sich Moritz und Gerhard wieder auf die Eckbank gesetzt. Jvana, Robert und Michaela setzen sich wieder auf die Stühle gegenüber.

Ivana hat Gerhards pessimistisches Reden kurz vor dem Feuerwerk nicht vergessen. Sie fährt eine Zeit lang nachdenklich mit dem Ringfinger der rechten Hand auf der Tischplatte herum und sagt schließlich unvermittelt: »Wir dürfen nicht aufgeben, Gerhard. Wir müssen unermüdlich, selbstverständlich ohne uns zu überfordern, gegen die Fehlentwicklungen im Land ankämpfen. Menschen wie du und deine Freunde können im Grunde ja gar nicht als willenlose Mitläufer leben. Ihr würdet euch mit der Zeit ein schlechtes Gewissen auf die Schultern laden und darunter leiden.«

Ivana schaut daraufhin vom Moritz über den Gerhard zur Michaela hinüber und fährt dann eindringlich fort: »Sicher ist es manchmal nicht leicht, den gängigen Meinungen nicht anzuhängen, man hat ganz schnell das Gefühl, ein Außenseiter zu sein und macht sich unter Umständen sogar Feinde. Aber das Land und die Welt brauchen Menschen wie euch, wenn unsere Zukunft nicht grau werden soll. Und deshalb möchte ich an euch den Appell richten, macht weiter wie bisher, denn euer Engagement trägt ja schon Früchte. Eure Zeitung wirkt über die Landesgrenzen hinaus und euer Internetprotest hat sich über den halben Erdball verbreitet und wird von vielen hunderttausend jungen Menschen getragen.«

Ivana macht wieder eine kleine Pause, fährt sich mit beiden Händen über ihr kurzes weißblondes Haar, und schaltet dann einen Gang höher: »Und ihr solltet auch in die Politik gehen, auch wenn ihr keine allzu hohe Meinung von unseren Spitzenpolitikern habt. In allen Parteien gibt es nämlich Leute, die so denken wie ihr, die froh und dankbar wären, wenn sie Verstärkung erfahren. Und ihr dürft nicht vergessen, die Zukunft seid ihr, und so dürft ihr deren Ausprägung nicht Leuten überlassen, die blindlings oder gar nach der Devise ›Nach uns die Sintflut‹ dahinleben.«

Die junge Frau holt einmal tief Luft, trinkt noch einen Schluck Wein und lässt sich dann einigermaßen geschafft in die Rückenlehne fallen.

Ihr engagiertes Reden hat alle am Tisch schwer beeindruckt. Und so sagt der Moritz erst nach einer ganzen Weile: »Wir wollen ja weitermachen, Ivana, aber es ist halt schon sehr ermüdend, auf eine Volksmasse einzuwirken, die sich zuallererst für Fußball und Autorennen begeistern kann, die stundenlang vor dem Fernseher sitzt, die mit Vorliebe auf Schnäppchenjagt geht, sich nur zu gerne manipulieren lässt und glaubt, ohne Auto nicht leben zu können.«

»Okay, Moritz, leicht ist das wirklich nicht«, sagt der Lehrer Weinbauer und setzt sich auf. »Aber ihr steht ja nicht alleine da, ihr seid Teil einer inzwischen recht großen und weltweiten Bewegung, die den Homo sapiens in eine lebenswerte Zukunft führen will. Erfolgreich wird diese Bewegung allerdings nur dann sein, wenn sie nicht aufgibt. Denn nur dann wird sie früher oder später auch die trägen Massen in Bewegung setzen und die Großen und Mächtigen auf dem Planeten zum Nachdenken und schließlich zum Umschwenken bewegen.«

»Vermutlich aber zu spät, Rocco!«, erregt sich Michaela. »Und deshalb müssen wir uns noch spektakulärere Aktionen als den Protest im Internet einfallen lassen, wenn der Kurswechsel wenigstens in unserem Land rechtzeitig kommen soll. Wir müssen Spektakel in Gang setzen, die unser Volk von unten bis oben aufrütteln, die ihm deutlich vor Augen führen, dass die gegenwärtige Linie nicht länger beibehalten werden darf.«

Mit »Bravo, Micha!« stimmt ihr Moritz begeistert zu und brettert dann seinerseits los: »Und wir sollten die Spitzenpolitiker in unserer Zeitung und im Internet bloßstellen, sollten bekannt machen, wenn sie in den Urlaub fliegen, wenn sie kapitale Autos fahren, wenn sie die öffentlichen Verkehrssysteme nicht nutzen und beim Discounter einkaufen. Und wir sollten ihr Abstimmungsverhalten veröffentlichen, wenn es um den Export von Waffen geht, und bekannt machen, wenn sie rechtswidrige Kontakte zur Wirtschaft pflegen. Und wir sollten die Jugend der Welt zu solchen Aktionen aufrufen! Ja, Leute, das müssen wir unbedingt machen, wenn die Richtungsänderung für die jungen Menschen nicht zu spät kommen soll!«

Robert Weinbauer fasst den Stiel seines Weinglases und schiebt es nachdenklich im Kreis herum. Er hält an, damit Michaela den Rest in der Weinflasche auch in sein Glas füllen kann. »Danke, Micha«, sagt er mehr oder weniger unbewusst, weil er an einer Stellungnahme zu den Vorstößen der jungen Leute herumkaut. Und so animiert er sie erst einmal zum Anstoßen. Nach einem kleinen Schluck stellt er das Glas sorgsam auf den Tisch und meint nach einer Weile etwas zögerlich: »Ja, ihr seid in eine Zeit hineingeboren worden, die euch viel abverlangt, die kein Honigschlecken für euch ist. Aber sie bietet euch auch vielfältige Möglichkeiten der Einflussnahme, die den jungen Generationen vor euch nicht zur Verfügung standen. Euch ist die Chance geboten, an einer elementaren Kurskorrektur mitzuwirken, an einer Kurskorrektur, wie es sie wohl noch nie gab. Euch bietet sich also die Chance, die vielleicht bedeutendste Epoche in der Menschheitsgeschichte mitzugestalten.«

»Okay, Rocco, das kann man als Schlusswort stehen lassen. Denn ich meine ja auch, dass uns gar nichts anderes übrig bleibt, als für unsere Zukunft so gut wir nur können zu kämpfen, wir dürfen da nicht auf die Generationen vor uns hoffen.«

Gerhard Stamm trinkt nach diesen zustimmenden Worten den letzten Schluck Wein in seinem Glas und meint dann: »Für mich wird es jetzt auch Zeit, Leute.«

»Robert, für uns zwei wohl auch, oder?«

Der nickt Ivana nur zu und steht auf.

»Ein echt guter Wein war das«, sagt der Moritz und lässt den allerletzten Tropfen in die Kehle rinnen.

Mit »Find ich auch« pflichtet ihm Michaela bei und legt die leeren Gläser in die Spülschüssel.

Weinbauer schließt die Tür ab, nimmt die Handlampe vom Geschirrschrank und schaltet sie ein.

Ivana bläst die Kerzen aus und dann steigen die fünf leise in den Schlafraum hinauf.

XI

J a, Leute, wer hätte das gedacht«, sagt der Reiser Moritz fassungslos, »dass wir mit unseren Aktivitäten so einen Wirbel auslösen können.«

Weil Herbstferien sind, und weil das Redaktionsteam der Revolte jede Woche wenigstens ein Leserbrief erreicht, haben die jungen Leute eine Sondersitzung angesetzt. Es ist ein nasskalter Samstag, und so fiel es ihnen nicht schwer, einen Ferientag für ihre Zeitung zu opfern. Seit zehn Uhr sitzen sie im Wohnzimmer ihres Mentors Weinbauer zusammen. Auf dem Couchtisch liegen etwa zehn Blätter im Format DIN A4.

»Und echt verrückt ist ja«, meint Michaela, »dass die Reaktionen auf unsere Herbstausgabe und unsere Protestnote im Internet so weit auseinanderliegen. Uns erreicht totale, ja sogar dankbare Zustimmung, aber es sind auch zwei regelrechte Drohbriefe hereingekommen.«

Sie durchsucht die Leserbriefe auf dem Tisch, greift schließlich einen heraus und sagt: »Der zum Beispiel, der kommt von einem Ingenieur, der bei KraussMaffei in München arbeitet. Und dieser Mensch schießt auf uns beziehungsweise auf den Moritz aus allen Rohren, was letztlich nicht besonders überrascht, da er ja in einer Panzerschmiede tätig ist.«

Letzteres sagt Michaela mit einem etwas bitteren Lächeln und lässt sich in die Rückenlehne fallen. Nach einmal tief Durchatmen meint sie: »Ich lese euch diesen Knaller am besten vor, oder?«

»Ja, bitte!« Robert Weinbauer verschränkt die Arme vor der Brust und lehnt sich zurück.

»Unbedingt, Micha!«, sagt der Moritz vergnügt und reibt sich die Hände. »Mich interessiert es natürlich megamäßig, welche Munition dieser Panzermensch auf mich und meinen Artikel abfeuert.«

»Okay! Also, dieser Herr beginnt zunächst einmal relativ gelassen und freundlich und schreibt: ›Sehr geehrter Herr Reiser, ich gehe davon aus, dass Sie ein noch recht junger Mann sind, und unser Land und den Kontinent bisher nur als eine Insel des Friedens und Wohlstands erlebt haben. Und ich, sechzigjährig, habe diese Insel in all meinen Lebensjahren ganz ähnlich erlebt. Ich weiß allerdings nur zu gut, dass der Frieden zerbrechlich ist wie Glas, dass sein Erhalt nicht zuletzt Wehrhaftigkeit voraussetzt. Sie aber glauben offenbar, dass man den Frieden geschenkt bekommt, und verurteilen deshalb mich, meine Kollegen und eine ganze Branche als skrupellose Arbeitsplätzebewahrer, letztlich als Kriegsgewinnler. Weil ich davon ausgehe, dass Leute wie Sie unbelehrbar sind, dass Sie auch in Zukunft gegen ehrbare und fleißige Bundesbürger – nicht nur aus dem Bereich Wehrtechnik – wettern wollen, teile ich Ihnen und Ihrer Zeitung hiermit mit, dass ich alle mir zugänglichen Hebel in Bewegung setzen werde, damit Euer Treiben baldmöglichst unterbunden wird.
Ich hoffe, wir haben uns verstanden!
Herrmann Herhausen
Ingenieur‹«

Die jungen Leute haben während der letzten Zeilen die Luft angehalten und schauen sich nun einigermaßen betroffen an.

Offenbar unbeeindruckt sagt Weinbauer nach einer Weile: »Knapp und eindeutig«, und setzt sich auf.

Der Moritz dagegen stößt heraus: »Leute, ich glaube es einfach nicht, dass ich einem *Ingenieur* so auf die Zehen getreten sein könnte.«

Mit »Für mich hat dieser Mensch ein schlechtes Gewissen« gibt sich der Stamm Gerhard kühl und gelassen. Und während er die Hände hinterm Kopf verschränkt und sich in die Rückenlehne der Couch fallen lässt, fügt er hinzu: »Und ich schätze, dass er seinen Arbeitsplatz schon des Öfteren so ruppig verteidigt hat.«

»Ich sehe das auch so, Gerdi.« Michaela lässt den Brief mit einer verächtlichen Bewegung auf den Tisch segeln, trinkt einen Schluck Wasser und meint dann: »Allerdings haben wir einen so heftigen Leserbrief noch nie erhalten. So etwas muss man also erst einmal verdauen.«

Simone, die es sich mit Maximilian auf einem Sitzsack bequem gemacht hatte, schlägt daraufhin vor: »Ach Micha, damit uns das leichter fällt, lies uns doch bitte auch den Brief von Frau Dr. Harms vor, die den Beni und unsere Zeitung für den Artikel ›Es sind da viele Alternativen, Frau Merkel!‹ so begeistert gelobt hat.«

»Du, das mache ich gerne. Und du, Benedikt, hörst gut zu, denn so einen Zuspruch bekommt man nicht alle Tage. Also, Leute, Frau Harms beginnt mit: ›Lieber Herr Benedikt Münch,‹ und schreibt dann: ›mit Freude und großer Genugtuung habe ich Ihren Artikel ›Es sind da viele Alternativen, Frau Merkel!‹ gelesen. In einer Zeit, in der man uns mit dem Begriff ›alternativlos‹ gefügig machen und in eine bestimmte Richtung drängen will, wirkte Ihr Beitrag in der Revolte auf mich wie ein Sonnenaufgang.

Folgendes, Herr Münch, möchte ich, bevor ich auf Ihren Artikel im Detail eingehe, ganz kurz von meiner Seite aus einbringen: Ein Mensch, der nahezu grundsätzlich mit dem Begriff ›alternativlos‹ operiert, will meiner Erfahrung nach gar nicht nach Alternativen suchen, der hat nur seine ureigene und in aller Regel recht enge Zielsetzung vor Augen.

Ja, und jetzt will ich mich einem Teil Ihrer Sichtweisen zuwenden, die, wie all Ihre anderen auch, das Potential haben, unsere Welt positiv und nachhaltig zu verändern. Wie Sie bin ich der Ansicht, dass große Teile der Menschheit in eine weniger aufwändige Lebensführung eintreten müssen. Man darf also nicht noch länger versuchen, unsere überzogene Lebensführung mit Hilfe von Technik abzusichern oder gar auszuweiten. Nicht optimierte Flugzeuge sind vorrangig anzustreben, sondern die kurzen Wege. Nicht neue Energiequellen dürfen Rettungsanker sein, sondern das konsequente Bemühen Richtung geringer Energieeinsatz. Nicht die Globalisierung darf gefördert werden, sondern die Regionalisierung beziehungsweise die weitgehende Unabhängigkeit der Regionen. Wie Sie sehe ich unsere Zukunft in kleinräumigen Verbünden, und nicht im nahezu alles umfassenden globalen Verbund. Letztlich muss weitgehende Selbständigkeit beziehungsweise Unabhängigkeit für die kleinste Zelle, also für die Familie angestrebt werden. Und so bin ich auch wie Sie der Ansicht, dass das Wirtschaftsleben der Zukunft von kleinen und mittelständischen Unternehmen getragen werden soll und nicht länger von den Konzernen.

Und wie Sie bin ich der Auffassung, dass der Mensch auch in Zukunft sein Leben mit eigener Kraft sichern sollte, dass ihm ausufernde Technik diesen elementaren Lebensinhalt nicht nehmen darf.

Ja, lieber Herr Benedikt Münch, in Ihrem Artikel sind noch weitere überzeugende Alternativen zu den gegenwärtigen Strömungselementen in unserem Land und in der Welt aufgeführt. Ich will nun trotzdem meine Stellungnahme beenden und Ihnen für Ihr Engagement von Herzen danken.

Ganz besonders freut mich, dass junge Leute wie Sie und das Team der Revolte nicht in den Tag hinein leben, dass Ihr nun schon seit einigen Jahren für Eure Zukunft kämpft, für eine Zukunft, der Ihr ohne Abstriche und mit Freude entgegengehen könnt.

Ich wünsche Ihnen und dem Team alles Gute, einen erfolgreichen Kampf gegen den Mainstream und verbleibe

mit freundlichen Grüßen

Verena Harms'«

In Roccos Wohnzimmer könnte man nun eine Stecknadel fallen hören – allerdings nur ein oder zwei Atemzüge lang und dann applaudieren der Lehrer und das Team begeistert dem Benedikt, der Frau Harms und ihrer Zeitung.

»Herrgott Leute, jetzt ist alles wieder gut!«, lässt der

Moritz nach dem letzten Klatscher heraus und greift sich eine Praline aus der Schale am Tisch.

Robert Weinbauer klopft dem Benedikt anerkennend auf den Rücken und sagt zu ihm: »Beni, diesen Brief hast du wirklich verdient und wir sollten ihn in der nächsten Revolte auf der ersten Seite abdrucken.«

»Aber unbedingt!« Michaela legt den Harmsbrief geradezu andächtig auf den Tisch zurück, schaut kurz über die Runde und sagt dann: »Übrigens, als mir meine Mutter vergangene Woche diesen Brief auf den Schreibtisch gelegt hat, habe ich ihn natürlich sofort geöffnet und gelesen. Und gleich darauf ist mir in den Kopf geschossen, dass wir in Zukunft noch entschiedener als bisher sagen sollten, wie und auf welchen Ebenen sich die Gesellschaft ändern muss. – Und, Leute, wir sollten schon heute anfangen, unsere diesbezüglichen Ideen und Vorstellungen zu sammeln.«

»Sehr gut, Micha!« Weinbauer steht auf, geht zum Bücherregal, zieht eine Schublade auf und kommt mit einem Notizblock zurück. Während er sich setzt, sagt er: »Ja, Leute, was werden unter diesem Blickwinkel die wichtigsten Themen für uns sein?«

Gerhard Stamm muss da nicht lange überlegen. Er setzt sich auf und sagt: »Also, ich meine, dass wir uns der fraglos notwendigen Abkehr vom technikgestützten und hochgestochen aufwändigen Lebensstil, der in weiten Regionen unserer Erde Einzug gehalten hat, verstärkt zuwenden sollten. Der Benedikt hat mit seinem Artikel im Grunde schon eine Basis dafür gelegt, und ich bin der Ansicht, dass dieser Lebensstil umgehend aufgegeben und von deutlich weniger die Natur und die

Menschheit belastenden Lebensformen abgelöst werden muss. Die Überflussgesellschaften müssen zu Formen finden, die unsere Ressourcen schonen, die zu kleinräumiger Kreislaufwirtschaft führen, die den Energieumsatz erheblich absenken, die der Handarbeit wieder mehr Raum geben und so weiter und so fort.«

»Genau!« Maximilian steht auf, geht zum Balkonfenster, schaut auf den nassen und fast menschenleeren Römerplatz hinunter und meint dann: »Das Leben in den Industrienationen muss vom Immer Mehr, vom Immer Schneller und vom Immer Größer schleunigst wegkommen. Diese Nationen müssen die Karacho-Mentalität ablegen und ohne Bugwelle, die inzwischen immense Schäden verursacht, in die Zukunft fahren. Es muss wieder mit kleinen Bausteinen und mit Bedacht gearbeitet werden, denn das Bemühen, mit immer komplexerer und gigantischerer Technik unser Überleben zu sichern, entwickelt sich doch zunehmend zu einem Teufelskreis, der nur im Chaos enden kann. Das Turbozeitalter, Leute, muss schon morgen ein Ende finden!«

Mit den letzten Worten dreht er sich um und setzt sich wieder zu Simone. Die drückt sich an ihn und denkt: ›Was ist der Max doch für ein toller Mensch! Er ist ein hervorragender Handwerker, er ist lieb und herzensgut, er ist ein super Sportler und er kann denken und reden wie ein großer Professor.‹

Der Moritz dagegen schüttelt anerkennend die Faust und schmettert: »Herrgott, Maximilian, was für eine große Rede, besser und ehrlicher als unser Gauck je geredet hat!« Der Krauskopf schnappt sich daraufhin die vorletzte Praline, wickelt sie bedächtig aus und schiebt sie mit verzückter Miene in den Mund.

Simone drückt den Maximilian noch einmal an sich, nimmt dann ihren Arm von seinen Schultern und sagt: »Dass das Immer Mehr und Immer Größer schon heute an seine Grenzen stößt, zeigt sich doch alleine in unserer Stadt. In den letzten Jahrzehnten, Leute, war es ja durchaus möglich, ein Hallenbad, eine Stadthalle und mehrere Turnhallen zu bauen, ein Sportzentrum nach internationalem Standard zu schaffen und darüber hinaus unser altes Stadttheater in ein Schmuckkästchen zu verwandeln. – Und, wie sieht es heute aus? Im Rat der Stadt wird nun schon ein paar Jahre lang hinter vorgehaltener Hand davon geredet, dass weitere Investitionen in diesen Bereichen nur in deutlich eingeschränktem Maße möglich sein werden, weil der Betrieb und der Erhalt der bestehenden Einrichtungen enorme Summen verschlingt, weil man diese Last nicht weiter wachsen lassen will. Und so meine auch ich, dass wir den Gesichtspunkt, dass unsere Stadt, unser Land und Teile der Welt in Zukunft erheblich kleinere Brötchen backen müssen, als ein Kernthema wählen sollten. Denn das hemmungslose Verfolgen von Großprojekten stürzt uns nicht nur dramatische Finanz- und Haushaltsprobleme, es belastet ja inzwischen auch die Natur in nicht mehr vertretbarem Maße.«

»Ist schon notiert, Simone«, sagt der Lehrer auf deren fragenden Blick hin. »Und damit, Leute, haben wir auch schon einen ersten großen Schwerpunkt für die nächste Zeit, denn ich meine auch, dass sich der Mensch zurückschrauben muss, dass er nicht länger blindlings dahinleben darf.«

»Und dazu gehört auch das Thema Mobilität! Denn es ist ein zweiter recht kritischer Leserbrief eingegangen, der aufzeigt, wie vernarrt manche im Volk auf unsere Mobilität pochen und so tun, als gäbe es ein Naturrecht darauf.«

Michaela sucht wieder in den Leserbriefen herum, fischt schließlich einen heraus und sagt: »Der Brief kommt von einem Mann, der keinerlei Angaben zu seiner Person macht, der Bezug auf die Artikel vom Beni und Moritz nimmt, und ich denke, dass ich euch auch diesen Brief am besten vorlese. – Ja, Leute, auch dieser Mensch beginnt halbwegs zivilisiert und schreibt: ›Sehr geehrte Herren Münch und Reiser, ich habe Ihre Artikel in Ihrer unsäglich naiven Revolte ausnahmsweise vom Anfang bis zum Ende gelesen, und mich auch aufgerafft, zum Punkt Mobilität, den sie beide streifen, Stellung zu nehmen.

Also, die Herren, Sie üben Kritik an einem elementaren und jahrtausendealten Element der menschlichen Gesellschaften, was mich zweifeln lässt, ob Sie noch alle Tassen im Schrank haben. Ohne moderne Individualverkehrsmittel könnten doch viele Volksgemeinschaften gar nicht existieren, und ich denke, dass dieser Sachverhalt auch einem Menschen bekannt sein kann, der noch grün hinter den Ohren ist. Dennoch verkündet ihr gestörten Revolteleute nicht zum ersten Mal – meine etwas daneben geratene Nichte wirft mir Eure Zeitung immer wieder einmal in den Briefkasten –, dass kein Ansatzpunkt existiert, von dem aus ein Recht auf die Mobilität der Gegenwart abgeleitet werden kann, dass uns die Schöpfung kein Recht auf schrankenlose motorgestützte Individualmobilität einräumt. Und da fragt man sich schon, wie der noch grüne junge Mensch zu dieser Denke kommt. Hat er jemals den Schöpfer kontaktiert, den er sehen will? Nein, bestimmt nicht! Er übernimmt einfach ohne lange zu überlegen und ohne nach links und rechts zu schauen das Denken und Reden von verkorksten Außenseitern; von Außenseitern, die nicht sehen wollen, dass sie die Grundfesten für unsere Zukunft ins Wanken bringen. Denn nicht technische Errungenschaften wie das Automobil gefährden unser Fortkommen, sondern die notorischen Zweifler und Besserwisser.

Auch wenn ich mir nicht so recht vorstellen kann, dass Ihr von Eurer unsäglichen Linie eines guten Tages wegkommt, hoffe ich doch, dass Euch irgendein Ereignis die Augen öffnet und von Eurem hohen Ross herunter holt.

So, das war's,

Reinhold Haslacher‹‹

Der Moritz rumpelt aus seiner halb liegenden Stellung auf der Couch hoch und stößt begeistert heraus: »Perfekt! Super! So ein Hammer! *Diesen* Brief, Leute, sollten wir auf die erste Seite setzen, der berührt und rüttelt unser Volk wahrscheinlich noch eher auf als der Harmsbrief.«

»Recht hast, Mori!« Mit dieser Bemerkung überrascht der Justus das ganze Team nun aber gehörig. Weil ihm das nicht entgangen ist, knirscht er erst einmal: »Herrgott, Leute, schaut mich doch nicht gar so irritiert an!« Er atmet einmal tief durch und erzählt dann: »Also, Freunde, ich hab in den letzten Wochen

150

mit dem Vater über meine Berufswahl und meine Ausbildung gesprochen, und wir sind zu dem Schluss gekommen, dass ich sie auf jeden Fall fertig mache, weil sie eine gute Basis für mein Fortkommen sein wird. Mein Vater geht nämlich davon aus, dass ich als Kfz-Mechatroniker gute Arbeitsplatzchancen in anderen Bereichen der Wirtschaft haben werde, falls das Auto und das Verkehrswesen in den nächsten Jahren von einem Wandel betroffen sein werden.«

»Saug'scheit, Justi!« Der Moritz versetzt ihm einen anerkennenden Stoß mit dem Ellenbogen und meint dann grimmig: »Und den Brief von dem Haslacher, den setzen wir auf jeden Fall auf die erste Seite, denn so eine Orgie wird wie eine Bombe wirken, weil sich möglicherweise jeder zweite Deutsche ertappt fühlt.«

»Das kann gut sein, Moritz. Denn alleine unter meinen Verwandten und Bekannten sind nicht wenige«, Simone drückt sich im Sitzsack halb hoch, »die im Grunde so eingestellt sind wie dieser Haslacher. Sie verteidigen ihre Position zwar nie so offen und drastisch, bleiben aber dennoch wie angenagelt und total unbeweglich dabei, dass unser Leben ohne die moderne Individualmobilität nicht funktionieren kann. – Ja, Leute, es ist wirklich verrückt, dass ausgerechnet der extrem mobile Mensch im Kopf unbeweglich, ja geradezu erstarrt ist.«

Gerhard lässt den Kopf auf die Rückenlehne fallen, beobachtet ein paar Augenblicke lang eine Stubenfliege, die, ihr Ende wohl ahnend, hektisch auf der Zimmerdecke hin und her rennt, und sagt dann: »Das ist allerdings nicht verwunderlich, Simone, denn die Führungskräfte in der BRD haben das Volk mit Vehemenz und mit einem schier unfassbaren Einbahnstraßendenken auf das Brett motorischer Individualverkehr genagelt, und die Mehrheit hat sich mit zunehmender Begeisterung, ja geradezu rauschhaft, darauf nageln lassen. Weder die Führungskräfte noch der kleine Mann haben dabei im notwendigen Maße die langfristigen Wirkungen der Motorisierung ins Auge gefasst, und so ist man simultan mit der physischen Mobilität in eine geistige Immobilität gerauscht. Ja, Leute, und deshalb bleibt uns heute nicht viel mehr als die Hoffnung, dass die Nägel in diesem Brett bald dem Rost zum Opfer fallen.«

»Mann, Gerhard, vielleicht wirst du nie unser Kanzler, das kann ja so kommen, aber du könntest locker ein Spitzenkabarettist werden!« Michaela fährt sich nach dieser etwas schiefen Huldigung mit beiden Händen hektisch durchs Haar, wendet sich dann zum Lehrer hin und fragt eindringlich: »Rocco, hast du das alles notiert, auch das mit dem Nageln? Das müssen wir auf jeden Fall bringen, weil es so schrecklich wahr ist.«

»Hab ich, Michaela.« Robert Weinbauer klemmt seinen Füllfederhalter auf den Notizblock, legt ihn auf den Tisch und sagt dann: »Als vorhin Maximilian und Simone vom Immer Mehr und Immer Größer und von den kleinen Bausteinen geredet haben, hat mich das an eine Sache in meinem Bekanntenkreis erinnert, die gut dazu passt, die ich euch gerne erzählen würde. Darf ich?«

»Nur zu, Rocco!«, sagt der Moritz und schnappt sich nun auch die letzte Praline.

»Also, Leute, mit meinen Eltern war ich in den Sommerferien oft im Allgäu. Wir hatten uns meistens für eine Woche in einem kleinen Gasthof einquartiert und haben von dort aus Bergwanderungen unternommen. Als Student war ich ebenfalls häufig dort, weil der Gasthof auch Talpunkt für Skitouren ist. Der Gasthof Maurer ist ein Familienbetrieb, der für mich im Laufe der Zeit zu einem zweiten Zuhause wurde, und der Sohn der Wirtsleute war bald mein bester Freund. Mit ihm war ich auch einige Male auf Skitour. Bei diesen Touren sprach er immer davon, dass er in dem Skigebiet über dem Gasthof ein Hotel bauen möchte, dass er im kleinen elterlichen Betrieb keine Zukunft für sich sieht. Der Andreas hat das dann auch mit Hilfe eines Geldgebers geschafft. Als ich heuer im Juni mit dem Fahrrad im Allgäu unterwegs war, bin ich natürlich zu den Maurers hinaufgefahren. Während ich mir den überirdisch guten Kirschkuchen der Maurer-Oma zu Gemüte führte, erzählte mir der alte Maurer, dass der Andreas jetzt nur mehr Geschäftsführer im Hotel ist, weil es nach Anfangserfolgen immer schlechter lief. Sein Geldgeber hat es schon im zweiten Jahr übernommen und versucht nun mit immensem Werbeaufwand Gäste aus der halben Welt anzulocken. Der Senior befürchtet allerdings, dass man das Hotel trotzdem früher oder später aufgeben muss, und dann die Alpen eine weitere Ruine verschandeln wird. Sein Sohn, von hochfliegenden Plänen und ungenügender Bodenhaftung kuriert, erzählte er weiter, will, wenn es so weit ist, dann doch den alten Gasthof übernehmen. – Ja, Leute, nicht ohne Genugtuung sagte der alte Herr abschließend noch, dass dem Andi der Ausflug auf den Berg eine Lehre fürs Leben sein wird.«

»Aber bestimmt!« Simone steht auf und nimmt aus ihrer Umhängetasche eine Packung Pralinen. Während sie die Köstlichkeiten in die Schale füllt, sagt sie: »Das uferlose Wachsen hat schon viele Gehirne vernebelt, wie erfahrene Kollegen immer wieder durchblicken lassen. Und so ist man von Seiten der Banken inzwischen auch sehr vorsichtig geworden, was aber nicht heißt, dass die Geldinstitute den öffentlichen beziehungsweise kommunalen Baumaßnahmen Kredite versagen würden. In diesem Bereich gehört die Verschuldung offenbar nach wie vor zum guten Ton. Die …«

Mit »He, Simone, Verschuldung schafft immer noch Arbeitsplätze, hast du das vergessen?!« fällt ihr Justus energisch ins Wort. Und nach einem aufgeregten Schnaufer schließt er daran an: »Dass heute die private Seite immer seltener für Arbeit sorgen kann, dafür aber in zunehmenden Maße Investoren, ist eine Tragödie, wie mein Vater bald jeden Tag sagt. Und deshalb muss man heilfroh sein, meint er immer, wenn daneben wenigstens die öffentliche Hand Aufträge vergibt.«

»Trotzdem können wir nicht länger Arbeitsplätze über Verschuldung erhalten, Justus! Das führt früher oder später in den Graben.« Und nach einem Schluck Wasser meint der Gerhard noch: »Außerdem wird der Mensch nicht umhin kommen, sein Schaffen in Zukunft nach dem zu bemessen, was ihn und die Natur nicht überlastet. Führende Leute in der Wissenschaft sagen uns doch schon eine ganze Zeit lang, dass die Schaffenswut in vielen Nationen einen Level erreicht hat, der nicht länger beibehalten werden darf, der deutlich abgesenkt werden muss. Und diesbezüglich, Justi, sind wir uns doch einig, oder?«

»Ja schon, Gerdi. Aber wovon sollen wir denn leben, wenn wir weniger arbeiten?«

»Also Justus, das haben wir doch schon mehrere Male durchgekaut! Selbst wenn die Menschen in den Industrienationen ihr Arbeitspensum fast halbieren, können sie dennoch ein ganz passables Leben führen, müssen also keinesfalls am Hungertuch nagen. Dazu gehört natürlich, das haben wir auch schon mehrfach angesprochen, dass die Erträge aus der Wertschöpfung, die der arbeitende Mensch erbringt, nicht mehr zu einem guten Teil in die Hände von Kapitalisten fließen. Reduziertes Arbeitspensum, bei nahezu ungeschmälertem Einkommen, das ist doch eine von unseren großen Zielsetzungen, für die wir nach wie vor kämpfen, oder etwa nicht?«

»Ja schon, Gerhard. Aber wir haben doch noch jedes Mal gesagt, dass die Leute ganz oben das verhindern wollen.«

»Herrgott Justi, wir dürfen nicht klein beigeben! Die Resonanz auf unsern Protest im Internet zeigt doch deutlich, dass man unsere Sichtweise auf der ganzen Erdkugel unterstützt, dass die Tage der Ausbeutung vielleicht bald ein Ende finden werden. – Und dann«, Gerhard Stamm richtet seinen Blick kurz auf Simone, »werden auch die Kommunen und der Staat wieder besser dastehen, weil das Kapital breit gestreut ist, und somit Steuerhinterziehung und Steuerflucht der Vergangenheit angehören werden.«

»Okay, okay, Gerhard, ich sag ja schon nichts mehr!«

»Gut, dass ihr jetzt zu einem Ende gekommen seid, denn ich habe inzwischen einen mords Hunger! Und deshalb, Leute, schlage ich vor, dass wir jetzt in die ›Alte Schmiede‹ gehen. Die neuen Pächter, ein noch ganz junges Paar, kochen hervorragend. Du bekommst dort Nudelgerichte wie beim Italiener, aber auch einen Schweinebraten, der einmalig schmeckt – sagt zumindest mein Vater.«

»Super, Mori, mir läuft jetzt schon das Wasser im Mund zusammen!«, sagt der Justus und steht auch schon auf.

»Halt, Justi!« Simone richtet sich im Sitzsack auf und sagt hastig: »Ich hab noch etwas, das der Rocco ebenfalls festhalten sollte! – Also, als wir vorhin beim Individualverkehr waren, wollte ich anbringen, was mein Opa immer wieder erzählt, wenn er sich über den Verkehr aufregt, den wir heute haben. Also, Leute, der Opa erzählt dann, wie das war, als das deutsche Wirtschaftswunder seinen Anfang nahm. Er wuchs in einem Dorf auf, und hat nach der achten Volksschulklasse nur in unserer Stadt einen Lehrplatz gefunden. Und so ist er jeden Tag und bei jedem Wetter mit dem Fahrrad fast zehn Kilometer zu seiner Lehrstelle gefahren. In dieser Zeit haben die Leute vehement Busverbindungen von den Dörfern in die Stadt gefordert, weil ja nicht einmal jeder Fünfte ein Auto oder Motorrad besaß. Diese Forderung verhallte aber erfolglos. Und dann erzählt der Opa auch, was er einmal in der Wirtschaft seiner Heimatgemeinde erlebt hat. Nach der Sonntagsmesse ging es mit einem Mal an einem Tisch recht laut zu, und dann hörte er auch schon den Besitzer einer kleinen Fabrik wettern: ›Wir Deutschen brauchen keine Busse, wir werden bald alle Autos haben! Busse, verdammt noch mal, sind etwas für zurückgebliebene Nationen wie Bulgarien oder Polen!‹ Einige, erinnert sich der Opa, hätten damals dem Polterer applaudiert, die anderen haben den Kopf eingezogen. Als der Opa mit seiner Lehre fertig war und ganz gut verdient hat, hat er sich in unserer Stadt ein Zimmer genommen und Jahre später am Stadtrand ein Haus gebaut.«

»Ja, das Wirtschaftswunder hat uns in eine Richtung gelenkt, die uns heute schwer zu schaffen macht.« Gerhard Stamm sagt das, nimmt eine Praline aus der Schale und lässt sich in die Rückenlehne fallen.

»Richtig, Gerhard!« Weinbauer legt den Notizblock wieder auf den Tisch und schlägt dann in die gleiche Kerbe: »Ja, Leute, denn trotz zahlreicher Gegenstimmen, die überzeugend vorgetragen konnten, dass sich die Motorisierung der Masse und der Güterverkehr auf der Straße zu einer großen Belastung für Mensch und Natur auswachsen wird, hat man im Wirtschaftswundertaumel wie… Wie hast du vorhin schon wieder gesagt, Gerhard? … Ach ja, hat man wie vernagelt auf diese beiden Pferde gesetzt. Und so sind im Laufe der Zeit, weil der Ausbau des öffentlichen Personennahverkehrs nicht in Angriff genommen wurde, auch die Gegner des motorischen Individualverkehrs auf diesen Zug aufgesprungen. Und, Leute, wirklich irr ist ja, dass vor allem diejenigen Kreise, die vor Jahrzehnten in der Motorisierung den Königsweg sahen, heute den Verkehr auf unseren Straßen verdammen. Vor allem diese Leute erregen sich über die Staus, die der Lkw, der Berufspendler und der Wochenend- und Ferienverkehr verursachen.«

»Die ich rief, die Geister, werd ich nun nicht los!«, orakelt der Moritz und lässt sich in die Rückenlehne fallen.

»Genauso ergeht es uns heute. Übrigens, meine Mutter hatte im ersten Jahr ihrer Stadtratstätigkeit ein Erlebnis, das ganz auf der Linie der Story liegt, die uns Simone gerade erzählt hat. Also, Leute, meine Mutter hatte Anfang der 90er Jahre den Antrag eingebracht, dass man in der Stadt an den Wochentagen Busse verkehren lassen möge, um den innerörtlichen Pkw-Verkehr zu reduzieren und um den älteren Bürgern das Leben zu erleichtern. Der Antrag wurde abgeschmettert. Der damalige Bürgermeister hatte ihr zum Beispiel entgegengehalten, dass die Stadt eben wie sein Schreibtisch sei, und deshalb das Fahrrad das ideale Verkehrsmittel wäre. Nach der Sitzung hat sie ein älterer Kollege zur Seite genommen und zu ihr gesagt, dass sie diesen Antrag vergessen kann, weil sich ein gut Teil der Bürger nie in einen Bus beziehungsweise neben einen x-beliebigen Menschen setzen wird. Meine Mutter hat diesen Antrag im Verlauf der achtzehn Jahre, die sie im Stadtrat war, dennoch immer wieder eingebracht, aber immer mit dem gleichen Ergebnis. Ja, Freunde, und so haben wir den Stadtbus eben erst seit vier Jahren. Die inzwischen einigermaßen zufriedenstellende Auslastung der Busse widerlegt allerdings nicht die Einschätzung des Stadtratskollegen meiner Mutter, weil der innerörtliche Pkw-Verkehr nach wie vor recht hoch ist.«

»Weil die Nägel, die der Gerdi vorhin erwähnt hat,

noch nicht rostig genug sind, Rocco!«, lässt Michaela lapidar heraus und schließt missmutig daran an: »Und so ist die Verkehrsfläche der Stadt nach wie vor auf das Auto zugeschnitten, was der Nutzung des Fahrrads enge Grenzen setzt; da kann die Stadt so eben sein wie sie will.«

»So, jetzt können wir aber wirklich gehen, oder?« Der Justus steht wieder auf und sagt, während er sich reckt und streckt: »Mein Magen knurrt derart, das müsstet ihr eigentlich hören.«

»Meiner auch!« Maximilian wuchtet sich aus dem Sitzsack hoch und hilft Simone auf.

»Wir kommen doch nach dem Essen wieder zurück, oder?«, fragt Michaela in die Runde.

»Ich denke schon«, meint der Lehrer und steht auf.

»Dann kann ich die Leserbriefe ja hier liegen lassen.«

»Aber sicher.«

Im urigen Lokal »Alte Schmiede« wird das Zeitungsteam von der jungen Wirtin Elena herzlich begrüßt und dann zum großen Tisch bei der bis ins Detail erhaltenen Esse geleitet.

Nach intensivem Studium der Speisenkarte entscheiden sich Justus, Moritz und Maximilian für den böhmischen Schweinebraten mit Semmelknödel und Sauerkraut, alle anderen für Nudelgerichte.

Während sie auf das Essen warten, vermeiden es die jungen Leute Themen anzuschneiden, die irgendwie ihre Zeitung berühren könnten. Kein Mitläufer zu sein, nicht zu allem Ja und Amen sagen, ist letztlich ein hartes Brot und noch jeder im Team hatte schon Phasen, die Zweifel aufkommen ließen, wurde von dem scheußlichen Gedanken befallen, dass alles umsonst ist, dass man sich nur das Leben schwer macht. Aber bei den sieben, die inzwischen länger als ein Jahr die Revolte machen, wurden diese Phasen noch immer recht bald von Ereignissen beendet, die einfach zu negativ waren, als dass man sie hätte links liegen lassen können. Da war die Sicherheitskonferenz in München, der G7-Gipfel in der Elmau, da sind immer noch TTIP und CETA, dann die Einkommens- und Vermögensunterschiede, die sie nur als Kriegserklärung auffassen können, da ist der Wachstumswahn und die geradezu systematische Zerstörung der Lebensgrundlagen. All dies schweißt sie immer wieder zusammen und verleiht ihnen Kraft fürs Weitermachen. Und dann ist da auch noch die Anerkennung für ihr Engagement, die ihnen zunehmend und von den verschiedensten Seiten entgegengebracht wird. Und es trägt sie auch die Hoffnung, dass sie etwas bewirken können, dass ihr Tun vielleicht etwas mehr als ein Tropfen auf den heißen Stein sein könnte. Und wenn sie hie und da doch einmal kollektiver Zweifel überfällt, dann hilft ihnen Rocco wieder auf die Beine. *Ihr* Rocco, den sie geradezu verehren, für den sie durchs Feuer gehen würden. Darüber hinaus haben sie ihre Familien, die ihnen den Rücken stärken. Und schlussendlich wird das Revolte-Team von einer Druckerei unterstützt, die neben dem Druck der Zeitung von Anfang an das Vertriebsgeschäft übernommen hatte.

Und als dann Elena das Essen serviert, vergessen die jungen Leute ihre Zeitung zur Gänze. Die Teller mit den Nudelgerichten lassen sie glauben, in Italien zu sein, und die Teller mit dem Schweinebraten vertreten Böhmen mindestens ebenbürtig. Das Lob für die schön angerichteten Teller und dafür, dass alles so gut riecht und duftet, lässt Elena strahlen und beinahe vergessen, ihren Gästen guten Appetit zu wünschen.

Und nach den ersten Bissen meint der Moritz, total überrascht davon, wie gut ein Schweinebraten doch schmecken kann: »Ich werde ein Gedicht schreiben, einen Lobgesang auf wirklich gutes Essen, das dich zweifeln lässt, ob man daneben noch viel braucht, dieses Zu Viel, für das sich die Menschen Tag für Tag abstrampeln.«

»Und dieses Gedicht setzen wir dann ganz groß auf die letzte Seite. Auf die letzte Seite, Moritz, in einem hübschen Rahmen.« Michaela lässt es damit aber auch schon gut sein, damit die Revolte am Ende nicht doch noch über ihren Mittagstisch hereinbricht. Und so sagt sie nur noch: »Und in der Campania können die Pasta bestimmt nicht besser sein als hier, denn diese ›Tortellini verdi alla Siciliana‹ schmecken einfach sensationell.«

»Und die ›Spaghetti all'amatriciana‹ versetzen mich in eine kleine Welt, die ich bisher nur einmal in einer Trattoria mit dem Namen ›Casa dei Rapinatori‹ erlebt habe. Auf diese Trattoria in Salerno, Leute, die ähnlich urig ist wie dieses Lokal«, Robert Weinbauer schaut sich kurz um, »bin ich zufällig während einer Radtour gestoßen. Allerdings hängen in der ›Casa dei Rapinatori‹ an den Wänden eine Unmenge Schwarzweißfotos von Gruppen und einzelnen Personen, die alle recht verwegen aussehen.«

»Du, Rocco, ›Il Rapinatore‹ bedeutet doch soviel wie ›der Räuber‹, oder?«, fragt Michaela mit halb vollem Mund.

»Richtig. Und die Fotos dürften noch vor Neunzehnhundert gemacht worden sein, waren aber sehr gut erhalten. Da waren wohl ganze Familien abgebildet, Clans sozusagen, die zu ihrer Zeit die Region möglicherweise in Angst und Schrecken versetzt haben.«

»Das werden Maffiabanden gewesen sein, Rocco!«, meint der Justus hastig und verschluckt sich auch schon an einem Bissen Semmelknödel.

»So könnte man vielleicht sagen, Justus. Aber ziemlich sicher waren es Menschen, die keine Teilhabe am Wohlstand hatten, den einige Familien in Süditalien schon immer genossen haben.«

»Wir sind bei unserem Hauptthema, Leute, es hat sich …«

»Gerdi, *wir sind beim Mittagessen!*« Michaela verbietet dem jungen Mann mit ihrer Strenge nicht nur das Wort, sondern fegt damit auch den Hauch von schwarzem Humor aus seinem Gesicht.

Simone drückt beschwichtigend Michaelas rechten Arm und sagt: »Zum guten Essen, Micha, passt aber ganz sicher, was der Max und ich seit ein paar Wochen reden. Also, wir sind der Meinung, wenn wir zwei eines Tages Kinder haben, dass einer von uns zuhause bleibt, bis sie flügge sind. Und wenn sein oder mein Einkommen selbst für ein bescheidenes Familienleben nicht ausreicht, dann sollte es bis dahin soweit sein, dass der Staat die Familienarbeit vergütet, weil sie wichtiger als so manche andere Arbeit ist.«

»Oder anders herum, Simone, bis dahin muss es wieder so weit sein, dass ein Einkommen den Lebensunterhalt einer Familie sichern kann; es müssen also bis dahin all die schäbigen Schmarotzer, die die Arbeit der Masse anzapfen, von der Bildfläche verschwunden sein.«

Gerhard Stamm schaut Michaela nach diesem Einwurf einen Moment lang herausfordernd an und schickt dann auch noch hinterher: »Und dann, Simone, brauchen wir auch einen unterstützenden Staat nicht mehr und wären wieder souveräne Glieder der Gesellschaft, einer souveränen Gesellschaft, die ihr Leben und Wirken darüber hinaus so ausrichtet, dass sie ihre Lebensgrundlagen nicht zerstört.«

Michaela Hört gibt sich geschlagen, trinkt einen Schluck Wasser und wendet sich dann ihrerseits Simone zu: »Du, ich sehe das mit der Familienarbeit ganz so wie du. Allerdings bin ich dafür, dass Mann und Frau die Familienarbeit abwechselnd ausüben, damit sie sich den Wiedereinstieg in ihren Beruf nicht verbauen.«

»Das meine ich auch, Micha. Es wäre ja echt schlimm, wenn der Max«, Simone drückt kurz dessen linke Hand, »nur, weil ich vielleicht mehr verdiene als er, nach Jahren im Haus sein Handwerk nicht mehr perfekt beherrschen würde.«

»Ja, das wäre echt schlimm, Simone! Wenn ich nur daran denke, wie toll das Paar Schuhe ausschaut, das er vor kurzem für dich gemacht hat.«

Justus, der schon eine ganze Weile nachdenklich auf die Reste auf seinem Teller schaut, sagt nun: »Ihr habt jetzt wieder einmal vom einfachen Leben, am Vormittag auch vom Herunterschrauben unserer Ansprüche geredet ... also, Leute, wie weit denkt ihr, müssen zum Beispiel wir Deutschen unsere Ansprüche herunterschrauben?«

Der Maximilian beugt sich vor, schaut zur Michaela hinüber und sagt ein wenig spitzzüngig: »Gestrenge Dame, ich darf doch, oder?«

»Maxi, Maxi, veralbere mich nicht!«

»Okay! Also, Justi, ich meine wie der Gerhard, und so reden wir ja schon eine ganze Zeit lang, dass wir zu Formen finden müssen, die unsere Lebensgrundlagen nicht weiter zerstören; ja, wir sollten der Natur sogar ein Aufatmen und Regenerierung ermöglichen. Und dieser Schwenk wird vielleicht so weit gehen, dass wir in Zukunft neben der Produktion von Nahrungsmitteln nur mehr Waren und Gerätschaften für ein elementar einfaches Leben herstellen, wir also ein Niveau anpeilen werden, das nicht auf Raubbau und Zerstörung basiert.«

»Okay, Maxi! Aber was die Arbeitsplätze angeht, habt ihr, solange ich bei euch bin, noch nicht viel gesagt.«

»Kann vielleicht sein. Wir haben aber schon mehrfach davon gesprochen und auch geschrieben, dass das Arbeitsvolumen bei reduzierter Wirtschaftstätigkeit selbstverständlich auf alle Schultern im Volk verteilt sein muss, damit niemand in Not gerät.«

»Und warum pocht dann unsere Kanzlerin auf das Gegenteil, auf ständiges Wachstum?«

»Weil sie von den Großen und Mächtigen getrieben wird, die wir im Rahmen von unserem Internetprotest anklagen.«

Und der Gerhard, während er mit einem Stück Weißbrot den Rest Soße in seinem Teller auftunkt, lässt verdrossen heraus: »Und weil die gute Frau, obwohl sie Physikerin ist, nicht weiß, dass das Wirtschaftsleben nicht den Charakter einer Lawine annehmen darf! Denn, um langfristig Bestand zu haben und um nirgendwo Schaden anzurichten, darf es nur wie eine sanfte Woge laufen. Diesen elementaren Sachverhalt hat die Gute im Rahmen ihrer Ausbildung entweder nicht mitbekommen oder bei ihrem Einzug im Westen einfach über Bord gehen lassen.«

»Gott sei Dank«, Robert Weinbauer legt Gabel und Löffel in den Teller und schiebt ihn ein Stück von sich weg, »mehren sich weltweit die Stimmen, die wie wir ein ruhigeres und niedrigeres Fahrwasser für die Wirtschaft anmahnen. Und zunehmend gehen kleinere und auch größere Unternehmen dazu über, ihre Produktpalette neu zu ordnen, orientieren sich in Richtung Qualität und produzieren wieder langlebige Güter. Ja, und erst kürzlich habe ich in einem Journal, das sich mit Zukunftsperspektiven auseinandersetzt, gelesen, dass Kuba, das viel gescholtene und mit Sanktionen belegte Kuba, einen Weg einschlägt, der für das Wirtschaftsleben, ja für unser gesamtes Leben durchaus richtungweisend werden könnte. Denn die Kubaner wollen in vielen Bereichen möglichst unabhängig werden, und zwar grundsätzlich über kleine Wirtschaftseinheiten. Recht weit fortgeschritten ist diese Entwicklung inzwischen bei der Produktion von Nahrungsmitteln; die großen Farmen sind fast verschwunden und einer enormen Vielfalt gewichen. Man bewirtschaftet die kleinen

Flächen vollbiologisch und hat sich nahezu vollständig von den Düngemittel- und Pestizidherstellern wie auch von den Saatgutproduzenten abgekoppelt. Und weil Maschinen teuer sind, gewinnt die Handarbeit wieder an Bedeutung, was auch dazu führt, dass die Arbeitslosigkeit auf Kuba sinkt. Ja, Leute, und so entwickeln die Kubaner auch ein neues Selbstbewusstsein, weil sie weltweit Aufmerksamkeit erregen.«

»Das kann ich mir gut vorstellen, Rocco.« Und nach einem Schluck Wasser meint der Gerhard noch: »Ich kann mir aber auch vorstellen, dass diese Entwicklung so mancher Nation nicht in den Kram passt. Den Kubanern wird das allerdings, so hoffe ich wenigstens, ziemlich egal sein, weil sie ja nicht zum ersten Mal ihren eigenen Weg gehen.«

»Das hoffe ich auch, Gerhard.« Simone Kircher wischt sich mit der Serviette noch rasch den Mund ab und sagt dann: »Bevor wir jetzt zahlen, möchte ich noch kurz etwas ansprechen, was recht gut zum Fall Kuba passt und mir besonders wichtig ist. Also, Leute, es geht um das bedingungslose Grundeinkommen, das von verschiedenen Seiten immer wieder auf die Tagesordnung gesetzt wird. Und ich finde, dass das eine ganz schlechte Idee ist. Ich bin nämlich der Ansicht, dass jedem arbeitsfähigen Menschen ein Arbeitsplatz zusteht, damit er seinen Lebensunterhalt in Eigenregie sichern kann. Denn ich meine, dass der Mensch das braucht, weil das ein elementarer Pfeiler für ein sinnerfülltes Leben ist.«

Der Benedikt applaudiert ihr begeistert und sagt: »Das sehe ich auch so, Simone, unsere Gesellschaft muss immer so angelegt sein, dass für jeden Bürger sinnvolle Erwerbsarbeit verbleibt. Es darf also nicht soweit kommen, dass Maschinen, Computer und Digitalisierung die Menschen überflüssig machen, um dann vom Staat durchgefüttert zu werden. Zumindest ich, Freunde, möchte das absolut nicht haben!«

»Und ich schon gar nicht!« Der Justus kippt den Rest Bier in seinem Krügerl hastig hinunter und wettert dann: »Ich würde ja durchdrehen, wenn ich nicht eigenhändig für meinen Lebensunterhalt sorgen könnte, wenn ich ganz umsonst meine bestimmt nicht einfache Ausbildung hinter mich gebracht hätte!«

»Ja, das Denken, das hinter dem Grundeinkommen beziehungsweise ganz ähnlichen Konzepten steht, ist äußerst fragwürdig, ja geradezu gefährlich. Ich …«

Elena, die schon eine Zeit lang hinter dem Lehrer wartet, unterbricht ihn und fragt: »Kann ich abräumen, die Herrschaften?«

»Aber bitte«, sagt Weinbauer und rückt ein Stück zur Seite.

Nachdem sie die Teller zu zwei Stapeln zusammengestellt hat, fragt sie in die Runde: »Habt ihr sonst noch einen Wunsch?«

Die jungen Leute schauen sich eine Weile unschlüssig an, ihr Mentor bestellt sich währenddessen einen Espresso, für den sich schließlich auch das Team entscheidet.

Während die Wirtin mit dem zweiten Stapel Teller in die Küche eilt, nimmt Weinbauer sein Statement zum Grundeinkommen wieder auf: »Also, ich denke, dass man mit einem Grundeinkommen noch mehr

Menschen ins Abseits drängt, und somit die Klassengesellschaft weiter forciert. Auf der einen Seite wird die
Zahl der Menschen mit Erwerbsarbeit vermutlich ab-
nehmen, und auf der anderen Seite wächst die Zahl der
Erwerbslosen, die von den Ersteren alimentiert werden.
Dass so ein Konstrukt gewaltigen sozialen Sprengstoff
in sich birgt, blenden die Befürworter des Grundeinkommens offenbar aus und bedenken auch nicht, dass
damit der Tendenz in der Wirtschaft, nur die fähigs-
ten und fittesten Menschen zu beschäftigen, Vorschub
geleistet wird. Darüber hinaus reden die Befürworter
des Grundeinkommens letztlich auch einer immer stärker automatisierten Wirtschaftswelt das Wort, die sich,
wenn man nicht abwehrend eingreift, zu einem Unge-
heuer auswachsen und früher oder später in sich zusam-
menbrechen wird.«

»Und dazu kommt noch, Rocco«, sagt der Gerhard
grimmig, »dass der Einfluss der in der Wirtschaft verbliebenen Menschen dramatisch zunehmen wird. Sie
werden ein Übergewicht im Staat erlangen, das dem
nur zum Schaden gereichen kann.«

»Ganz richtig, Gerhard! Du, das ist übrigens ein
Effekt, den ich bisher noch gar nicht gesehen habe. Ja,
Leute, und so muss man feststellen und wie Simone
sagen, dass das Grundeinkommen eine ganz schlechte
Idee ist, und kann nur hoffen, dass sie nie zum Tragen
kommt.«

Elena – mit den Espressi auf einem Tablett – hat
den Lehrer ausreden lassen. Sie stellt nun das Tablett
auf den Tisch und sagt, während sie die Espressi verteilt: »Man versucht ja sogar die Gastronomie zu auto-

matisieren, und da frage ich mich schon, welch kranke Gehirne das sein müssen, denen so etwas entspringt.«

»Das sind die gleichen Leute, die selbstfahrende Autos, führerlose Bahnen, personalarme Banken und menschenleere Fabriken toll finden, Frau Wirtin!«, knurrt der Moritz und lässt ein Stück Würfelzucker in seine Espressotasse plumpsen.

»Genau! Wenn man sich in unserer Sparkasse umschaut, dann sieht man jedes Jahr mehr Automaten, immer weniger Schalter und intern laufen immer mehr Computerprogramme.« Simone fährt sich mit beiden Händen hektisch durchs Haar und meint dann noch: »Und so könnte es durchaus sein, dass der Justus in ein paar Jahren noch recht gut mit selbstfahrenden Automobilen beschäftigt ist, ich aber zunächst einmal zum Dauergast in der Agentur für Arbeit avanciere.«

Elena legt ihre rechte Hand auf Simones Schulter und sagt: »Also, junge Frau, ich wünsche Ihnen und mir, dass Sie noch lange in unserer Sparkasse tätig sein können, denn ich hasse nichts mehr, als die Tipperei an den Automaten, das Starren auf Bildschirme und das Kommunizieren mit denselben. Und darüber hinaus stört mich gewaltig, dass uns die Banken in zunehmenden Maße mittels ausliegender Broschüren oder auf dem Kontoauszug über ihre Leistungen und Neuerungen informieren.«

Dem Justus sind die problemträchtigen Gespräche mit einem Mal wieder zu viel und so meint er energisch: »Leute, wir könnten jetzt doch zahlen, oder?«

Alle nicken.

»Ich lasse Euch gleich die Rechnungen heraus. Ein

paar Minuten bitte, die Herrschaften!« Die Wirtin stellt noch rasch leere Gläser auf das Tablett und eilt damit in die Küche.

»Und außerdem schlage ich vor, dass wir unsere Sitzung jetzt beenden und ins Juze zum Billard und Darts spielen gehen, denn mir raucht inzwischen der Kopf von den ganzen Geschichten und Problemen, die wir uns heute vorgenommen haben.«

Moritz knallt dem Justus die Faust auf den Oberarm und befindet: »Geniale Idee, Justi! Genau das müssen wir machen, damit wir den Kopf wieder frei bekommen.«

Die Zustimmung für Justis Vorschlag steht dem Rest vom Team ins Gesicht geschrieben.

»Ich finde auch«, sagt deshalb der Lehrer, »dass wir Schluss machen können. Wir haben heute schon so viele Themen zumindest angeschnitten, sodass wir damit locker zwei Ausgaben der Revolte füllen können. Wenn ich nachher nach Hause komme, werde ich notieren, was wir hier angesprochen haben, damit uns nichts verloren geht.«

»Heißt das, dass du nicht mit ins Juze kommst, Rocco?«, fragt der Justus enttäuscht.

»Ja, Justus, ich muss heut und morgen noch eine Menge für die Schulaufgaben in den nächsten zwei Wochen vorbereiten.«

»Ach, das ist echt schade, Rocco!« Michaela legt ihre Geldbörse auf den Tisch und meint nach kurzem Überlegen noch: »Du, wenn das so ist, dann möchte ich noch hier von einem recht interessanten Leserbrief berichten, den uns ein vermutlich schon recht alter

Schulmann aus Achhofen geschickt hat. – Ja, und der alte Herr ist vor allem auf den Artikel ›Man kann ja eh nichts machen‹ vom Maximilian eingegangen und hat zunächst einmal gemeint, dass der Maximilian leider Recht hat. Weiter hat er geschrieben, dass Teile der Welt etwa um den Beginn des zwanzigsten Jahrhunderts herum einen Weg eingeschlagen haben, der damals schon erkennen ließ, dass er Elemente in sich birgt, die sich sehr bald zu einem Problem auswachsen werden. Er hat unter anderem die Tendenz zu immer größeren Wirtschaftseinheiten, die Kapitalkonzentration in wenigen Händen, die Ausrichtung beziehungsweise Einengung der Bildungsanstrengungen in Richtung Wirtschaft und den rücksichtslosen Umgang mit der Natur angeführt. Dieser Weg, meint er, hat die Menschen zu Mitläufern und blind für Alternativen gemacht, und so fehlt ihnen heute das Rüstzeug und das Rückgrat für eine effektive Mitarbeit bei der Entwicklung des Landes und der Welt. Und so lenken inzwischen vor allem die Mächtigen in der Wirtschaft und der Finanzwelt die Nationen, und nur mehr schattenhaft deren gewählte Volksvertretungen. – Der alte Herr hat übrigens noch besonders herausgestellt, dass Wissenschaftler und Ingenieure in der Vergangenheit fantastische und imponierende Entwicklungsarbeit geleistet haben, dass die Ergebnisse daraus aber oft unüberlegt und ohne Leitplanken in die Welt gesetzt wurden. Und so haben Innovationen im Bereich der Technik, die uns Vorteile bescheren sollten und uns ein geruhsameres Leben versprachen, häufig dazu geführt, dass sie zu unserem Nachteil ausgeartet sind und unser Leben hektischer und unruhiger werden ließen. – Ja, Leute, und zuletzt hat er geschrieben, dass er sich jeden Tag darüber freut, dass derzeit Jugendliche heranwachsen, die vielleicht in der Lage sind, das Ruder auf dem Schiff Menschheit herumzureißen, die es sogar schaffen könnten, dieses Schiff in eine zweite Arche Noah umzuwandeln.«

»Herrje, was für ein Gedanke! – Ja, das wär's doch, Leute, eine neue Arche, und wir vorne am Bug und eine veränderte Welt vor Augen.« Der Moritz hämmert wieder auf Justis Oberarm, kippt dann den Rest vom Espresso vor lauter Begeisterung achtlos hinunter und verschluckt sich prompt. Als er wieder reden kann, will er noch sagen, dass er eigentlich nicht so recht verstehen kann, dass Leute wie der alte Lehrer in der Vergangenheit so wenig Einfluss hatten, aber da kommt Elena an den Tisch und kassiert.

Das Team bricht dann unverzüglich auf. An der Tür wünscht ihnen die Wirtin noch ein schönes Wochenende und sagt, dass sie sich freuen würde, wenn sie alle wieder einmal zu ihr hereinschauen würden.

Draußen erkundigt sich Michaela noch beim Lehrer, ob sie die Leserbriefe gegen vier Uhr abholen kann, und dann verabschieden sich die jungen Leute auch schon mit einem vielstimmigen »Ciao, Rocco!« von ihm.

Robert Weinbauer wünscht ihnen viel Spaß im Juze und marschiert in Richtung Römerplatz los.

XII

Am Nachmittag des vierten Adventsonntag sitzen am Tisch in der Wohnstube vom Achrainerhof alle drei Münchgenerationen und das Team der Jugendzeitung Revolte zusammen. Der junge Lehrer Robert Weinbauer ist auch mit dabei. Der quadratische Tisch in der nach Süden und Westen gerichteten Ecke der Stube ist zwar sehr groß, aber für dreizehn Personen dann doch etwas zu klein, und so hat sich Luci nach einigem Überlegen auf den Schoß vom Moritz Reiser gesetzt. Den Moritz findet sie nämlich besonders nett, weil er mit seinen kurzen, gelockten schwarzen Haaren und der tiefbraunen Haut wie der Mohr von den Heiligen Drei Königen ausschaut; und außerdem macht er, wenn er zu den Münchs in den Laden kommt, immer lustige Sachen und alle möglichen Faxen.

Die tief stehende Sonne scheint durch die beiden Eckfenster mitten auf den Tisch auf dem der Adventkranz liegt. Um den Kranz haben die Münch-Oma und Luci Keramikschalen mit Weihnachtsplätzchen gestellt. Normalerweise gibt es bei den Münchs die Weihnachtsplätzchen erst ab dem Heiligen Abend, aber der Benedikt konnte die Oma davon überzeugen, dass man einmal eine Ausnahme machen kann, dass sich das Zeitungsteam die Plätzchen im fast schon abgelaufenem Jahr wirklich verdient hat. Unterstützt wurde er dabei ganz energisch von seiner Schwester, die sich gerade halb zum Moritz umdreht und ganz stolz zu ihm sagt:

»Du, Moritz, die Plätzchen haben ich und die Oma gebacken! Ich habe sie ausgestochen und bei denen da«,
sie zeigt auf drei verschiedene Plätzchen, »habe ich auch
die Glasur d'rauf gestrichen. Und wenn jetzt die Mama
den Kaffee und die heiße Milch hereinbringt, dann
musst du sie auch gleich probieren!«

»Aber klar, Luci! Ich werd' zuerst den Stern probieren, denn der ist ja besonders schön.«

»Find ich auch, Moritz!«

Und dann kommt ihre Mama auch schon mit ei-
ner Kanne Kaffee und einer Kanne heißer Milch in die
Stube. Sie stellt die Milch zu den jungen Leuten auf der
Eckbank, weil sie Kaffee mit viel Milch bevorzugen.

Den jugendlichen Gästen gegenüber sitzen der Lehrer Weinbauer, der Benedikt und sein Vater Bastian,
und auf der vierten Tischseite Mutter Regina, der Opa
Anton und die Oma Josefa.

Das Zeitungsteam einzuladen war eine Idee der Oma.
Die Artikel in der Herbstausgabe der Revolte und die
Protestnote im Internet haben die Münch-Oma nachhaltig begeistert, und so hat sie vor gut einer Woche gemeint, dass man die jungen Leute dafür belohnen und
ihnen Anerkennung zukommen lassen sollte.

»So, Moritz, jetzt musst du den Stern aber auch probieren!«, sagt Luci ungeduldig, nachdem er sich Kaffee
und Milch eingeschenkt hatte.

Der nimmt sich nur allzu gerne eins von den Stern-
plätzchen, begutachtet es von allen Seiten und schiebt es
dann im Ganzen in den Mund. Die kleine Münch beob-

achtet in dabei mit forschendem Blick und strahlt gleich darauf übers ganze Gesicht, als er begeistert sagt: »Super schmeckt dein Plätzchen, Luci!« Und wie dann die Michaela auch noch meint, dass man so schöne und gute Plätzchen selten bekommt, beugt sie sich total glücklich zu ihr hinüber und drückt ihr ein Bussi auf die Wange.

Die Münch-Oma, die das lächelnd verfolgt hat, sagt nun: »Ja, ihr Freundinnen und Freunde von unserem Benedikt, jetzt wird es Zeit, dass ich euch sage, warum wir euch eingeladen haben, und wie sehr es uns freut, dass ihr alle gekommen seid. Ihr …« Sie bricht ab, überlegt einen Augenblick lang und meint dann: »Eigentlich kann ich es ja ganz kurz machen … also, wir Münchs sind wahnsinnig stolz auf euch und auf eure Arbeit. In einer Zeit, in der nicht wenige Jugendliche resignieren, sich ins Internet, in Computerspiele, ja sogar in Drogen flüchten und sich nicht selten in fragwürdige Abenteuer stürzen, da krempelt ihr die Ärmel hoch und sagt klar und deutlich, was euch nicht gefällt und wie ihr die Zukunft gestaltet haben möchtet. – Ja, und dann freut uns ganz besonders, dass unser Benedikt mit euch Freunde gefunden hat, wie er sich bessere und wertvollere nicht wünschen kann. Damit, ihr lieben jungen Leute, will ich es auch schon gut sein lassen, will nur noch sagen, wie sehr ich mir wünsche, dass euer Engagement andere Jugendliche anspornen und immer erfolgreich sein möge.«

Nach diesem von Herzen kommenden Wunsch, lehnt sich die in den Siebzigern stehende Frau zurück und lässt ihren Blick ganz angetan über die junge Schar wandern.

Der Opa drückt ihr herzlich die Hand und der Lehrer Weinbauer applaudiert begeistert. Die jungen Leute auf der Eckbank schauen sich eine Weile überrascht an und trommeln dann hocherfreut auf den Tisch. Die kleine Luci klatscht so heftig mit, sodass sie von Moritz' Knien rutscht. Der kann sie gerade noch auffangen und setzt sie zwischen sich und Michaela.

Nach einem Räusperer fasst Gerhard Stamm seine Tasse mit beiden Händen und sagt: »Verehrte Frau Münch, zuerst möchte ich mich im Namen von uns allen ganz herzlich für die Einladung bedanken. Wir haben uns riesig darüber gefreut und sind gerne gekommen. Und wir freuen uns ganz besonders über ihre anerkennenden Worte, die uns Ansporn sein werden für die nächsten Jahre. Bei dieser Gelegenheit möchte ich aber auch sagen, dass uns Herr Weinbauer eine ganz große Stütze ist. Ohne ihn würde es unsere Zeitung in der heutigen Form vermutlich gar nicht geben.«

Während Gerhard aufsteht, sich über den Tisch beugt und dem Lehrer die Hand drückt, trommelt das Zeitungsteam wieder heftig auf den Tisch und die Münchs spenden den beiden herzlichen Applaus.

Nachdem der Beifall abgeebbt ist, sagt Benis Vater – den Blick auf das Zeitungsteam gerichtet: »Ja, wir älteren müssen froh und dankbar sein, dass nicht alle jungen Menschen widerstandslos dem Mainstream folgen, der immer mehr Fahrt aufnimmt, dem die Mehrzahl der Erwachsenen in bedenklicher Weise folgt und ihn so am Leben erhält. Man darf allerdings nicht übersehen, dass der erwachsene Mensch in diesen Strom inzwischen nahezu alternativlos eingebunden ist, dass es für ihn fast unmöglich ist, sich ihm zu entziehen beziehungsweise auszusteigen. Die Erwachsenen, ihr kennt das ja vermutlich«, Bastian Münch seufzt kurz auf, »sind darüber hinaus in aller Regel bis über beide Ohren ausgelastet, und so fehlt ihnen auch die Zeit und die Kraft gegen die Missstände anzugehen, die dieser Strom in sich birgt. Und so sind sie, ohne das zu erkennen, tragischerweise die bindenden Elemente des Mainstreams, der von einigen wenigen in Gang gesetzt wurde. Und diese wenigen tun auch alles dafür, dass er nicht erlahmt, weil er ihre Mühlen am Laufen hält und ihnen viel Geld in die Kassen spült.«

Bastian Münch trinkt einen Schluck Kaffee und sagt dann noch: »Im Internet habt ihr den Einfluss, das Wirken und das Gewicht dieser Leute in umfassender Weise dargestellt und kritisiert, und so können wir nur wünschen und hoffen, dass diese Aktion etwas bewirkt.«

»Und das tut sie auch schon in ganz erfreulicher Weise, Herr Münch.« Weinbauer dreht sich halb zu Benis Vater hin und berichtet: »In mehreren Ländern gab es in den vergangenen Monaten Protestaktionen vor den Residenzen der Superreichen, auch schon vor den Häusern von Politikern, die als deren Vasallen bekannt sind, und es wurde auch vor Regierungssitzen demonstriert und vor Unternehmenszentralen.«

Michaela Hört unterbricht das Zöpferlflechten von Lucis blonden Haaren – der war es zwischen ihr und dem Moritz zu eng geworden, und so hat sie sich ungeniert auf Michaelas Schoß gesetzt – und sagt: »Bei uns, Herr Münch, ist leider noch nicht viel zusammengegangen, weil es gar nicht so einfach ist, diejenigen Herrschaften ausfindig zu machen, die die großen Treiber von den Fehlentwicklungen in unserem Land sind. Und das gilt auch für deren Vasallen in der Politik und der Presse. In Berlin wollen allerdings am sechsten Januar Jugendliche vor dem Kanzleramt demonstrieren, weil sie das Lavieren der Regierung in Sachen Umsetzung der Klimaziele nicht mehr länger hinnehmen wollen. Unsere Regierungen nehmen ja schon viel zu lange auf die Luftfahrt, die Automobilindustrie und den Kohleabbau Rücksicht, und beweisen so Jahr für Jahr aufs Neue, dass sie das Klima nicht ernsthaft im Auge haben.«

»Richtig, junge Frau!«, knurrt der Münch-Opa und schimpft dann: »Es ist eine Riesensauerei, dass man mit den Fingern auf die Amerikaner zeigt, selber aber nicht viel besser ist, weil man die längst überfällige Umstrukturierung unseres Landes nicht in Angriff nimmt. Denn dringend notwendig ist der Ausbau der Schiene und des öffentlichen Personennahverkehrs, sowie die Dezentralisierung der Wirtschaft und des Gemeinwesens beziehungsweise der Aufbau regionaler Strukturen. Es muss also Pkw- und Lkw-Verkehr vermieden und die täglichen Wege müssen kürzer werden. Und so darf man den irren Verkehr, den wir heute haben, keinesfalls mit neuen Straßen füttern. – Ja, Leute, und dann will man seit neuestem«, der alte Münch fährt sich mit beiden Händen hektisch über das ergraute Haar, »ich kann es ja fast nicht glauben, die Welt mit Elektroantrieben retten! Die Befürworter dieser Technik haben allerdings noch nicht verlauten lassen, woher der Strom für vielleicht viele Millionen E-Fahrzeuge kommen soll.«

»Wahrscheinlich aus den Atommeilern!«, stößt der Moritz sarkastisch heraus und schließt missmutig daran an: »Wie könnte man sonst gerade bei uns in Oberbayern den Bau von Windkraft- und Photovoltaikanlagen so behindern.«

Der junge Mann schnappt sich daraufhin ein Kokosplätzchen, schnuppert kurz daran und schiebt es auch schon in den Mund.

»Du, Moritz, schmecken dir die auch?«, fragt Luci sogleich, fasst ihn am Arm und schaut ihn mit kritischem Blick an.

»Die finde ich besonders gut, Luci, weil ich den Kokosgeschmack so mag.«

»Du, Moritz, die hab ich selber ins Backrohr geschoben und nach einer Stunde wieder herausgenommmen, weil die nicht gebacken werden ... die werden nämlich nur bei hundert Grad getrocknet.«

Michaela Hört drückt Luci an sich und sagt: »Du, ich nehme dich nachher mit, und dann backen wir noch heute bei mir deine tollen Plätzchen! Machen wir das, Luci?«

»Das machen wir, Michaela! Denn morgen hätt ich ja gar keine Zeit, da muss ich nämlich wieder in die Schule.«

Die Münchs schauen sich amüsiert an, und dann sagt die Oma auch schon voller Stolz zu den jungen Leuten: »Ja, unsere Luci ist eine ganz fleißige und geschickte, und sie geht auch gerne in die Schule. Und so könnte es durchaus sein, dass auch sie eines Tages gegen ungute Verhältnisse im Land ins Feld zieht.«

»Du, Michaela«, Luci dreht sich zu ihr um, »in die

Schule gehe ich aber nur so gern, weil wir eine ganz, ganz nette Lehrerin haben!«

»Ja sag!«, bringt da Michaela nur heraus und flicht weiter feine Zöpfe in Lucis Haar.

Nach diesem Intermezzo kommt der alte Münch mit »Ja, junger Mann, das ist der Überhammer!« auf die restriktive Genehmigungspraxis bei der regenerativen Stromerzeugung zurück. »Da wollen sie«, er fährt mit einer missmutigen Bewegung der rechten Hand über den Tisch, »die Umwelt schonen, und erschweren die Genehmigungsverfahren für die regenerative Stromerzeugung derart, sodass sie sogar für unsere Energiegenossenschaft eine zu hohe Hürde sind.«

»Da muss man doch befürchten, Herr Münch, dass die großen Energiekonzerne dahinter stecken, denn die sehen möglicherweise schon ihre Felle davonschwimmen.« Weinbauer angelt sich ein Plätzchen, legt es aber erst einmal auf die Untertasse, und baut dann seine Vermutung aus: »Ja, das riecht ganz stark nach einer höchst unsauberen Übereinkunft, denn es gibt ja Zeitgenossen, die von einer kleinteiligen Wirtschaft, insbesondere von der, die unsere wichtigsten Lebensgrundlagen abdeckt, so gar nichts halten. Diese Leute wollen das Land und das Volk im Griff haben, und so versetzen sie Zusammenschlüsse von Bürgern, die eine regional angelegte Wirtschaft aufbauen und tragen, die das selbstbewusst und erfolgreich durchziehen, in Aufregung. Da wittern sie Gefahr für ihr Gesellschaftskonzept und die Führerschaft. Diese Leute brauchen Untertanen, die wollen es keinesfalls mit starken und ebenbürtigen Bürgern zu tun haben.«

»Bravo, Rocco!«, ruft da die ganze junge Mannschaft und erschreckt damit den Kater Jeromi, der bis dahin auf dem Schoß vom Justus geschlafen hat. Er maunzt kurz auf, springt auf den Boden und versteckt sich hinter dem Kachelofen.

Benis Vater dreht sich zum Lehrer hin und sagt: »Genauso ist es, Herr Weinbauer. Wir erleben das seit Jahren ganz ähnlich bei der Gründung von Dorfläden in Bürgerhand. Und so scheitern nicht wenige Gruppen an den Auflagen, die damit zusammenhängen. Aus unserem Hofladen zum Beispiel, wäre alleine wegen der Hygienevorschriften beinahe nichts geworden. Dass die Nahversorgung die Umwelt ganz wesentlich entlastet, spielt dabei keine Rolle. Giftige Abgase aus Automobilen, die aus dem Umland in die Städte zu REWE und Co. rollen, sind offenbar weniger schlimm, als ein Laden, der nicht klinisch sauber ist. Dabei sind doch gerade die großen Märkte erwiesenermaßen auch unter dem Blickwinkel Hygiene als äußerst problematisch anzusehen.«

Vater Münch atmet einmal tief durch und fährt dann verdrossen fort: »Und so kann man sich angesichts dieser Verhältnisse des Eindrucks nicht erwehren, dass die Großen im Bereich der Grundversorgung geschützt werden sollen. Es darf also keinesfalls passieren, dass sich am Ende auch noch die Bürger einer Stadt zusammentun und auf genossenschaftlicher Basis einen Laden in die Welt setzen; einen Laden, der schwerpunktmäßig Produkte aus der Region und dem Biobereich anbietet, aber keine Weintrauben aus Neuseeland oder aus Australien; dessen Personal aber mit viel Engagement und Herz bei der Sache ist und so den großen Handelsketten einen Teil ihrer Kundschaft wegnimmt.«

Der Maximilian stupst Simone an und sagt zu ihr: »Du, diese Thematik müssen wir unbedingt in einer unserer nächsten Ausgaben bringen!«

Mit »Richtig, junger Mann, die Nah- und Grundversorgung sind ganz wichtige Themen« unterstreicht Regina Münch dessen Anregung und schließt mit Blick auf das Zeitungsteam daran an: »Die meisten Leute nehmen ja gar nicht richtig wahr, was da seit Jahrzehnten diesbezüglich abläuft, sie nehmen die äußerst problematische Konzentration auf allen Feldern der Grundversorgung gedankenlos, ja wie gottgegeben hin. Aber jetzt«, sagt sie nach einem Seufzer, »möchte ich vorschlagen, dass wir die unguten Sachen einfach zur Seite schieben und uns den positiven Ereignissen zuwenden. Meint ihr nicht auch?«

Alle am Tisch nicken.

Und während sich die Bäuerin Kaffee nachschenkt, sagt sie zu den jungen Leuten auf der Bank: »Ihr seid ja für den nächsten Sommer nach Italien eingeladen worden, das ist ja sensationell, Leute!«

»Ja, das ist gigantisch!«, freut sich der Moritz und berichtet dann mit Blick auf die Münchs begeistert: »Also, wir fahren zuerst mit dem Zug bis nach Agropoli, das ist eine uralte Stadt gut hundert Kilometer südlich von Neapel. Am Bahnhof von Agropoli holen uns die beiden Ortengas ab, und wir fahren dann mit ihnen in einem Linienbus noch etwa dreißig Kilometer – manchmal hoch über dem Meer, aber auch direkt an der Küste – weiter nach Süden; so haben die jungen Ortengas zumindest bei letzten Mal geschrieben. – Stimmt das so, Micha?«

»Stimmt exakt, Moritz! Und im Camp, Frau Münch, wird auch eine Gruppe Jugendlicher aus Agropoli mit dabei sein. Ja, und wir Deutschen können so lange bleiben, wie wir wollen, haben sie auch geschrieben. Und wir freuen uns alle schon ganz irr darauf und lernen fleißig Italienisch, was aber gar nicht so einfach ist, nicht wahr, Justi?«

»Sauschwer ist das! Aber einen Satz beherrsche ich schon perfekt: ›Come sta, signorina? Lei è una bella!‹«

»Der wichtigste Satz überhaupt«, meint der Moritz und grinst.

»Und Marissa und Antonio lernen Deutsch. Denn ein Dolmetscher in einem Camp, in dem ausschließlich junge Leute zusammenkommen, wäre ja ziemlich unpassend«, sagt der Benedikt und nimmt das letzte Plätzchen aus der Schale vor ihm.

Wie Luci das sieht, rutscht sie von Michaelas Schoß, schlüpft unter dem Tisch durch, schnappt sich die Schale und sagt zu ihrem Bruder: »Du, ich bring euch noch welche«, und rennt in die Speisekammer.

Als sie gleich darauf die gehäuft volle Schale bei ihrem Bruder auf den Tisch stellt, sagt der Lehrer Weinbauer ganz angetan: »Vielen Dank, kleines Fräulein. Ja, und auch ich muss sagen, dass deine Plätzchen ganz hervorragend schmecken. Du bist wirklich ein Ass auf diesem Gebiet.«

»Und du bis ein guter Lehrer, sagt der Beni immer.« Und dann taucht Luci, ein wenig rot geworden, auch schon unter dem Tisch durch und setzt sich wieder auf Michaelas Schoß.

Regina Münch hat ihr Töchterl amüsiert beobachtet und sagt nun: »Ja, gute Lehrer sind gerade in der heutigen Zeit enorm wichtig, denn sie müssen ausbügeln, was in einer Gesellschaft, die von der Wirtschaft und vom Berufsleben dominiert wird, zu kurz kommt.«

»So ist es, Frau Münch!« Der Maximilian fährt aus seiner gemütlichen Stellung neben Simone hoch und wettert: »Der Wirtschaftswahn hierzulande radiert die Familie ja geradezu aus! Deshalb brauchen wir heute Verpflegung in der Schule und Nachmittagsbetreuung, und wir brauchen immer mehr Ganztagsschulen und Internate. – Ja, und das alles wird als erstrebenswerter Weg angesehen beziehungsweise hingestellt, obwohl es noch gar nicht so lange her ist, dass man solche Verhältnisse verurteilt hat, wie mein Vater immer wieder sagt.«

»Ich krieg mich nicht mehr«, ächzt da der Justus, »jetzt sind wir schon wieder am lamentieren!«

»Das ist allerdings kein Wunder, junger Mann, wenn Leute zusammensitzen, die nicht blindlings dahinleben. – Aber wir könnten«, schlägt der Münch-Opa nach kurzem Überlegen vor, »von den Übeln wieder ganz schnell wegkommen, wenn der Beni auf der Zither ein paar zur Adventszeit passende Lieder spielt.« Und mit Blick auf seine Enkelin sagt er: »Ja, und vielleicht singt unsere Luci dazu.«

»Beni, machen wir das?«, fragt die ein wenig aufgeregt.

Der nickt nur, steht auf, geht hinaus und kommt mit einer Zither zurück.

Der Lehrer Weinbauer und Benis Vater rücken ein Stück zur Seite.

Der Benedikt legt das Instrument auf den Tisch und prüft kurz, ob es gestimmt werden muss. Währenddessen krabbelt Luci unter dem Tisch durch und stellt sich zwischen den Bruder und den Vater.

Nach kurzem Blick in den inzwischen im Halbdunkel liegenden Garten, wendet sich der Benedikt zu seiner Mutter hin und sagt: »Es wird scho glei dumpa, es wird scho glei Nacht … Das wär' jetzt doch g'rad recht, oder?«

»Ganz recht wär' das«, sagt die Bäuerin und lehnt sich zurück.

»Bist du so weit?«, fragt er dann noch seine Schwester.

Die nickt energisch.

Der Benedikt spielt nun erst einmal ganz verhalten die Melodie, die die ersten vier Zeilen jeder Strophe begleitet, und beginnt nach einem Zwischenakkord von neuem.

Luci stimmt mit ihrer glockenhellen Stimme ein, und alle in der Stube fühlen sich nach wenigen Augenblicken in den Himmel versetzt.

Als das Lied mit der vierten Strophe und mit »Hei, hei hei hei, schlaf siaß, herzliabs Kind!« endet, herrscht in der nur mehr von den Kerzen am Adventkranz erleuchteten Stube eine wundersame Stille. Schließlich beginnen die jungen Leute auf der Bank zu applaudieren. Der Justus wischt sich noch rasch verstohlen über die Augen und klatscht dann restlos begeistert mit. Er hat so einen Vortrag noch nicht erlebt und sieht nun

Luci wie einen Weihnachtsengel neben ihrem Bruder stehen.

Ihr Papa drückt sie nach einer Weile an sich und sagt: »So schön hast du noch nie gesungen, Luci.«

Sein Töchterl strahlt ihn glücklich an und schaut dann mit leuchtenden Augen in die Runde.

Der Lehrer Weinbauer weiß zunächst nicht, was er zu den Geschwistern sagen soll. Schließlich meint er gerührt und hingerissen: »Das war wunderbar ihr zwei, ganz wunderbar!«

Und Michaela meint: »Ihr habt doch bestimmt noch ein paar Stücke, die in die Vorweihnachtszeit passen, oder?«

Der Benedikt nickt und Luci sagt: »Ja, Michaela, wir haben noch ein paar ganz schöne und ein ganz, ganz lustiges, wo die Engerl im Himmel Purzigagelen machen.«

Nach dem vierten Lied meint der Münch-Opa, dass der Beni, auch wenn immer noch kein Schnee liegt, jetzt »Leise rieselt der Schnee« spielen könnte und dass sie alle zusammen singen könnten.

Simone und Michaela sagen wie aus einem Munde: »Aber gerne, Herr Münch.«

Die jungen Männer dagegen zeigen sich nicht gerade begeistert.

Die Münch-Oma steht auf, holt aus einer Anrichte ein etwas abgegriffenes Liederheft, setzt sich wieder, schlägt die Seite mit »Leise rieselt der Schnee« auf und schiebt das Heft zu ihnen hinüber.

Und siehe da, mit Beginn der zweiten Strophe singen alle vier hörbar mit. Ja, und im Verlauf der letzten

Strophe haben sich die Münchs und ihre jugendlichen Gäste zu einem recht wohlklingenden Chor zusammengefunden.

Und so spenden sie sich, nachdem die Strophe mit »Freue dich, Christkind kommt bald!« ausklang, begeistert Beifall und wecken damit erneut den Kater Jeromi. Der kriecht unter der Ofenbank hervor, streckt sich einmal und springt dann auf den Schoß vom Justus. Für den jungen Mann ist das an diesem Nachmittag ein weiteres Erlebnis, das ihn bewegt, weil er bisher wenig Zugang zu Tieren hatte.

Draußen ist es inzwischen dunkel geworden.

Der Bauer Bastian steht auf und sagt: »Für mich ist es jetzt höchste Zeit, dass ich in den Stall komme.« Er beugt sich über den Tisch, drückt den jungen Leuten nacheinander die Hand und sagt dann zu ihnen, dass ihn ihr Kommen sehr gefreut hat und dass er einen so schönen Adventsonntag schon lange nicht mehr erlebt hat. Er wünscht ihnen noch ein schönes Weihnachtsfest und erlebnisreiche Ferien. Während er sich vom Lehrer Weinbauer verabschiedet, revanchieren sich die sechs jungen Leute der Einfachheit halber mit kräftigem Applaus.

Nachdem der Bauer die Stube verlassen hat, steht der Gerhard auf und sagt: »Liebe Familie Münch, ich nehme mir bestimmt nicht zu viel heraus, wenn ich sage, dass auch wir«, er schaut kurz nach links und rechts, »heute unseren schönsten Adventstag erlebt haben. Wir bedanken uns noch einmal ganz herzlich für Eure Einladung und wünschen Euch ebenfalls ein schönes Weihnachtsfest und schon heute viel Glück im neuen Jahr.«

Mit Trommeln auf den Tisch unterstreichen die jungen Leute und der Lehrer seine Worte. Sie stehen dann auf, werden aber von der Münch-Oma mit »Wartet bitte einen Augenblick, die Luci hat noch etwas für euch« zurückgehalten.

Luci rennt mit fliegenden, halb aufgelösten Zöpfchen, die wie ein Gefieder wirken, in die Speisekammer und kommt mit einer aus Stroh geflochtenen Schüssel zurück. In der Schüssel stehen sieben mit goldener Kordel verschlossene Klarsichttüten, die prall mit Plätzchen gefüllt sind.

»Die haben die Oma und ich extra für euch gebacken«, sagt sie stolz, während sie die Tüten verteilt.

Als sie dem Lehrer die letzte Tüte hinstellt, drückt sie der herzlich an sich und sagt total hingerissen: »Luci, du bist ja ein richtiger Weihnachtsengel, ein ganz süßer Engel.«

Die Kleine wird wieder ein wenig rot und flüchtet zu ihrer Mutter.

»Ja, Herr Weinbauer, unsere Luci ist wirklich ein Engerl«, sagt Regina Münch glücklich lächelnd und hebt Luci auf ihren Schoß. »Allerdings ein Engerl mit ganz eigenem Kopf, Herr Weinbauer«, schließt sie augenzwinkernd daran an. Und nach einem kleinen Seufzer sagt sie: »Mit ganz eigenem Kopf, den der junge Mensch heute aber auch braucht, wenn er nicht unter die Räder geraten will. Und er braucht ihn erst recht, wenn er die Gegenwart und die Zukunft mitgestalten möchte.«

»Und so müssen wir heute besonders dankbar dafür sein«, lässt der Münch-Opa folgen, »dass nicht jeder junge Mensch zu einem angepassten Mitläufer heranwächst.« Und während er seinen Blick über die junge Schar auf der Eckbank wandern lässt, fügt er hinzu: »Ja, wir müssen Gott danken, dass es junge Leute wie euch gibt.«

Die sechs nehmen ein wenig verlegen ihre Plätzchentüten und rutschen von der Bank herunter.

Luci stürzt sich sogleich auf Michaela und sagt aufgeregt: »Du, ich komm jetzt mit dir mit zum Plätzchenbacken!«

Ihre Mutter fährt ihr mit der rechten Hand sanft übers Haar und sagt: »Du, Luci, das geht jetzt leider nicht mehr, es ist ja schon halb sechs.«

Auf Lucis enttäuschten Blick hin, sagt Michaela tröstend: »Du, wenn es bei dir passt, kommst du halt am zweiten Weihnachtsfeiertag zu mir.«

Luci schaut kurz zu ihrer Mama hoch und sagt auf deren Nicken hin mit Nachdruck: »Du, dann komme ich aber den ganzen Tag!«

Die jungen Leute, der Lehrer und die Münchs schauen sich amüsiert an und verabschieden sich dann reihum voneinander.

Mit »Ciao, Beni! Ciao, Luci!« verabschieden sich das Zeitungsteam und Robert Weinbauer im Hinausgehen von den jungen Münchs. Luci winkt ihnen nach und der Benedikt ruft »Ciao, Ciao!« hinterher.

XIII

In der Jugendkneipe Saturn geht es hoch her. Seit einundzwanzig Uhr spielt die Band »Tsunami« zu Gunsten des städtischen Jugendzentrums. Es wird kein Alkohol ausgeschenkt und die beiden Türsteher dürfen alkoholisierte Jugendliche nicht ins Lokal lassen. Erst zehn Minuten vor zwölf wird es Prosecco, geben, damit die jungen Leute auf das neue Jahr anstoßen können.

In der Mitte des Lokals haben die Wirtsleute eine kleine Fläche zum Tanzen freigelassen, die aber nur sporadisch genutzt wird.

Etwa fünfzig Jugendliche haben sich inzwischen eingefunden und die Unterhaltung an fast allen Tischen wie auch an der Theke und bei den Gruppen, die im Lokal zusammenstehen, wird von drei Ereignissen dominiert. Das sind einmal die jungen Männer, die zwei Nächte vorher aus der brennenden Flüchtlingsunterkunft am Stadtrand sechs Menschen unter Einsatz ihres Lebens vor dem Flammentod bewahrt haben, dann der bei der Weihnachtssitzung des Stadtrats vertagte Soccerkäfig für das Jugendzentrum und der Internetprotest vom Team der Jugendzeitung Revolte.

Der Brand in der Flüchtlingsunterkunft hat die ganze Stadt in Aufregung versetzt und es kursieren mittlerweile mehrere Gerüchte bezüglich der Brandursache. Von einer vergessenen Kerze wird geredet, dann von Brandstiftung durch Rechtsradikale und schließlich auch von Brandstiftung durch die Asylbewerber selbst, die damit auf ihr traurige Situation aufmerksam machen wollten. Die jungen Leute im Saturn können sich nur schwer vorstellen, dass die Asylbewerber das Feuer gelegt haben könnten. Nur an einem Tisch wird diese Vermutung hartnäckig diskutiert. Am wahrscheinlichsten erscheint es der Mehrzahl der Jugendlichen, dass eine Kerze den Brand ausgelöst haben könnte.

Völlig einig sind sich die jungen Partygäste in Sachen Soccerkäfig. Sie finden, dass es eine Riesensauerei ist, dass diese Einrichtung, für die sie seit Jahren kämpfen, ausgerechnet bei der Weihnachtssitzung des Stadtrats ohne Termin vertagt wurde, weil Anwohner eine erhöhte Lärmbelästigung befürchten. »Diese Idioten«, schimpft gerade einer an der Theke, »fahren Zweihundert-PS-Autos – und das Tag und Nacht – und beklagen Lärm, den du im Vergleich mit ihren Stinkern glatt vergessen kannst!«

»Mir stinkt vor allem unser Stadtrat, der sich nun schon zum wiederholten Male nicht auf unsere Seite stellt, der den Schwanz einzieht, wenn Bürger mit dem Rechtsanwalt drohen!«, ärgert sich neben ihm eine etwa Siebzehnjährige, die wie Nina Hagen daherkommt.

Und die Bedienung hinter der Theke meint sarkastisch: »Ein schöneres Weihnachtsgeschenk hätte euch der Stadtrat wirklich nicht zukommen lassen können. Aber, Leute, das war noch nie anders. Das Wichtigste für unsere Damen und Herren im Stadtrat ist seit eh und je, dass die örtliche Wirtschaft brummt, dass viele Steuern hereinkommen und dass wir eine Umgehungsstraße bekommen, die allerdings auf eine breite Gegnerschaft stößt. – Ja, Leute, unser Stadtrat ist und bleibt ein blinder Haufen von Kurzdenkern, der die Belange der Jugend immer hintanstellt.«

Mit »So ist es leider« stimmt ihr Gerhard Stamm zu, der gerade mit dem vollzähligen Zeitungsteam hereingekommen ist. Er bestellt sich einen Velvet Orange und dreht sich dann um, weil ihn jemand mit »Hallo, Gerdi!« auf die Schulter klopft.

»Du, ich würde die gerne etwas zeigen«, sagt der Frontmann der Band und schlägt vor: »Wir gehen aber am besten ins Nebenzimmer, weil es hier zu laut ist.«

In dem kleinen Raum, in dem sich der Geruch von Nikotin aus der Glimmstengelzeit hartnäckig hält, rückt der baumlange Musiker und Sänger Boris Höppner (Künstlername »Rasputin«) einen Stuhl vom nächsten Tisch weg, lässt sich darauf fallen und sagt: »Du, uns imponiert euer Internetprotest dermaßen, sodass wir einen Song dazu gemacht haben. Bevor wir ihn aber hier und heute zum ersten Mal spielen, solltest du dir den Text anschauen, weil wir gerne wüssten, ob er zu eurer Aktion auch wirklich passt.« Boris nimmt ein zusammengefaltetes Blatt Papier aus der Hintertasche seiner Jeans, faltet es auseinander und legt es auf den Tisch.

Gerhard setzt sich und überfliegt den Text. Die letzte Zeile liest er laut, holt dann einmal tief Luft und sagt begeistert: »Der ist super, Boris, einfach super!« Er steht auf, drückt Boris die Hand und dann eilen die beiden auch schon zur Tür und nach draußen.

Die Band hatte abrupt zu spielen aufgehört, weil an dem Tisch der Anhänger des Gerüchts, dass die Asylbewerber ihre Unterkunft selbst angezündet hätten, ein heftiger Streit entbrannt war.

Der Wortführer dort brüllt den Reiser Moritz gerade wütend an: »Du bist ein widerwärtiger Klugscheißer! Du willst einfach nicht sehen, dass diese dahergelaufenen Typen nur einen Platz an der Sonne, eine ...eine Hängematte suchen! Zu ... zu unseren Lasten, du ...du ...«

Der bullige, an beiden Armen tätowierte Krakeeler bricht ab, weil ihn ein auffällig geschminktes Girl an den Schultern packt, in den Stuhl drückt und heftig anfährt: »Norbert, jetzt reicht es aber, verstanden?!« Der schaut sie verdattert an, würgt noch »So ein schwarzhaariger Klugscheißer, so ein schwarzhaariger!« heraus und schüttet dann sein halb volles Glas Spezi in einem Zug hinunter.

Simone und Michaela, die von der Theke zu den Streithanseln geeilt waren, zerren den Moritz vom Tisch weg und übergeben ihn dem Gerhard, der auf halbem Weg zum Tisch geschockt stehen geblieben war.

»Mann, Moritz«, sagt er kopfschüttelnd, »wie kannst du dich bloß mit dem Bauer Norbert anlegen, das bringt doch überhaupt nichts!« Er knallt dem ziemlich belämmert dastehenden Moritz die Faust auf die Brust und meint dann noch: »Der ist doch ein Rechtsradikaler wie er im Buche steht, der macht zu, wenn man ihm mit einer anderen Meinung kommt. Mann, das weißt du doch!«

»Okay, okay, Gerdi! Trotzdem darf ... darf man ihn solch kriminelle Unterstellungen nicht widerspruchslos verbreiten lassen ... Ich ... ich jedenfalls nicht, Gerhard!«

»Gut, gut, lassen wir das. Außerdem, du Held, gibt es jetzt gleich eine tolle Überraschung für uns. Denn der Boris hat mir vorhin den Text zu einem Song gezeigt, der sich auf unsere Protestnote im Internet bezieht und den die Band in den letzten Wochen geschrieben und eingeübt hat.«

»Echt?!«

»Ja, wirklich! Und ich bin total von den Socken, Moritz. Aber wir behalten das jetzt für uns, weil ich gerne sehen würde, wie unsere zwei Mädel und der Maxi, der Beni und der Justi reagieren, wenn sie davon überrascht werden.«

»Du, die werden vielleicht schauen. ›Aber hallo‹, werden die denken, ›das kommt uns doch irgendwie bekannt vor!‹ Mann, Gerdi, das wird eine Schau!«

»Was wird eine Schau, Moritz?«

»Das Feuerwerk nachher, Micha.«

»So, so … das Feuerwerk. Du, das wird sein wie alle Jahre. Vielleicht sogar etwas kleiner, weil gestern in der Zeitung zu lesen war, dass die Deutschen heuer erstmals weniger Geld für die Schießerei und das Geknalle ausgegeben haben.«

»Auch recht, Micha! Aber, meine Traumfrau, du könntest jetzt mit mir tanzen. Der Rock ’n’ Roll wär doch was für uns zwei, oder?«

»Aber sicher, du Charmeur!«

Und dann legen die beiden auch schon los.

Der Gerhard schaut ihnen eine Weile zu, geht dann zur Theke, trinkt einen Schluck vom inzwischen etwas warm gewordenen Velvet Orange und setzt sich dann zur Simone, zum Maximilian und dem Benedikt.

»Der Höppner Boris hat dich ins Nebenzimmer gelotst. Was hatte der denn so Wichtiges in der letzten

Stunde des alten Jahres?«, fragt ihn Simone, als er noch gar nicht richtig sitzt.

»Du, Simone, das darf ich dir nicht sagen, das wird eine Überraschung für dich.«

»Für mich?! Vom Boris? Gerdi, nimm mich nicht auf den Arm! – Also, sag schon, was habt ihr zwei da ausgebrütet!«

»Ich sag nix, da kannst du noch so lange betteln, Simonchen!«

»Du bist ein Ekel, Gerdi!«

Der Rock 'n' Roll endet in diesem Moment. Vor allem die Tänzer, die ihn durchgestanden haben, lassen sich außer Atem auf den nächsten Stuhl fallen und dann spielt die Band auch schon einen hammermäßigen Tusch.

Der Boris geht ans Mikrofon und sagt: »Liebe Partygäste, liebe Fans, wir wollen euch so kurz vorm Jahresende einen neuen Song präsentieren, einen neuen, und einen ganz wichtigen noch dazu. Ja, ich darf vielleicht sogar sagen, den wichtigsten, den wir je geschrieben haben. Wir …«

»Red' nicht so lang, Boris, komm endlich zu Sache!«, tönt da der Bauer Norbert lauthals.

»Norbert, du hast heute schon einmal krass gestört, ein drittes Mal endet das mit Rauswurf, verstanden?!«

»Okay, okay, du …«

Norberts Zurückstecken geht im Applaus fast aller jungen Leute unter.

Als der abflaut, fährt Boris mit erhobener Stimme fort: »Also, Leute, wir präsentieren euch jetzt gleich einen Song, zu dem uns der Internetprotest des Teams von der Zeitung Revolte inspiriert hat.«

»Ach, die schon wieder!«, mault einer in der Ecke vom Norbert.

Der Boris übergeht diesen Zwischenruf und sagt: »Der Titel lautet ›Ihr Großen und Mächtigen, warum denkt ihr nicht an morgen?‹«

Einige Jugendliche applaudieren; aus der Ecke sind ein paar abfällige Bemerkungen zu vernehmen und die fünf nicht eingeweihten Zeitungsleute schauen sich überrascht, ja entgeistert an. Der Gerhard und der Moritz grinsen übers ganze Gesicht, und dann beginnt die Band auch schon.

Zuerst nur der Schlagzeuger mit einem furiosen Trommelwirbel, dann heulen die Trompete, das Saxophon und die Klarinette auf. Während sich die Blasinstrumente etwas zurücknehmen, setzen zwei Gitarren ein und gleich darauf, dumpf und monoton, der Kontrabass – und dann beginnt der Boris zu singen:

»Ihr Großen und Mächtigen, Ihr lenkt unsere Welt. Ihr Großen und Mächtigen, doch Ihr lenkt sie in den Abgrund. Ihr Großen und Mächtigen, warum denkt ihr nicht an morgen?

Ihr Großen und Mächtigen, hört Ihr nicht das Klagen der Meere? Ihr Großen und Mächtigen, warum denkt ihr nicht an morgen?

Ihr Großen und Mächtigen, seht Ihr nicht das Sterben des Eises? Ihr Großen und Mächtigen, warum denkt ihr nicht an morgen?

Ihr Großen und Mächtigen, spürt Ihr nicht das Beben der Erde? Ihr Großen und Mächtigen, warum denkt ihr nicht an morgen?

Ihr Großen und Mächtigen, Ihr missachtet die Schöpfung. Ihr Großen und Mächtigen, warum denkt ihr nicht an morgen?

Ihr Großen und Mächtigen, Ihr sät Elend allenthalben. Ihr Großen und Mächtigen, warum denkt ihr nicht an morgen?

Ihr Großen und Mächtigen, Ihr gefährdet die Zukunft der Jugend. Ihr Großen und Mächtigen, warum denkt ihr nicht an morgen?

Ihr Großen und Mächtigen, Ihr lasst uns Ohnmacht spüren. Ihr Großen und Mächtigen, warum denkt ihr nicht an morgen?

Ihr Großen und Mächtigen, Ihr müsst Euch besinnen. Ihr Großen und Mächtigen, warum denkt ihr nicht an morgen?«

Nach dem letzten Zweizeiler nimmt die Band das Jüngste Gericht vorweg. Die Trompete und das Saxophon heulen nun ohrenbetäubend auf, die Klarinette wird zur Gefahr für die Trommelfelle, der Schlagzeuger explodiert geradezu, die Gitarren bersten schier und der Kontrabass wummert. Der Wirt fürchtet erstmals ernsthaft um die Fensterscheiben des Lokals. Die Eingangstüre geht auf, drei, vier Leute schauen mit gebanntem Blick ins Lokal und hören Boris tremulierend singen:

»Ihr Großen und Mächtigen, wir werden uns erheben! Ihr Großen und Mächtigen, Ihr zwingt uns dazu. Ihr Großen und Mächtigen, Eure Häuser werden erzittern! Ihr Großen und Mächtigen, und dann seid Ihr Geschichte –«

Der Schlagzeuger lässt noch einmal die Sticks ein paar Sekunden lang rasend wirbeln, verlangsamt dann allmählich das Tempo und lässt deren Wucht abschwellen. Mit ihm reduzieren auch die anderen Instrumente zunehmend das Tempo und die Lautstärke, bis sie schließlich alle verstummen.

Im Saturn ist kein Laut mehr zu vernehmen … fünf, vielleicht sogar acht Sekunden lang, aber dann bricht ein Beifallssturm los, wie ihn das Lokal noch nicht erlebt hat. Die jungen Leute brüllen »Bravo!« in Richtung Band, trampeln mit den Füßen auf den Boden und hämmern mit den Fäusten auf die Tische. Sogar die Ecke beim Norbert applaudiert was das Zeug hält.

Nach etwa einer Minute stürmt das Zeitungsteam auf die Bühne und bedankt sich bei jedem Musiker. Sie umringen dann alle den Boris, klatschen ihn ab, klopfen ihm begeistert auf die Schultern und Michaela und Simone – total aus dem Häschen – umarmen ihn und küssen ihn mit Tränen in den Augen eins ums andere Mal.

Der Wirt, die Bedienung und ein Küchenhelfer beginnen den Prosecco in Sektgläser zu füllen – die Leute, die sich vom Orkan im Saturn haben anlocken lassen, ziehen weiter Richtung Römerplatz – das Zeitungsteam hat die Bühne wieder verlassen und steht jetzt wie betäubt auf der Tanzfläche zusammen.

»Ich … ich hätte nie gedacht«, stößt der Moritz nach einer Weile fassungslos heraus, »dass wir so etwas auslösen können!«

Und Simone, die mit geröteten Augen am Maximilian lehnt, sagt ergriffen: »Und wie gut sie uns verstanden haben, und wie fantastisch sie unser Anliegen umgesetzt haben. Ich bin so was von begeistert, ich … ich kann es gar nicht in Worte fassen!«

»Der Boris und die Band sind einfach Spitze«, sagt der Gerhard mit leuchtenden Augen, legt den Arm um Michaela und drückt sie an sich. »Aber jetzt, Leute«, meint er nach einmal tief Luft holen, »sollten wir uns den Prosecco holen und dann nichts wie hinaus auf die Straße und hinunter zum Römerplatz.«

Am Römerplatz haben sich vor allem jüngere Leute versammelt. Älteren Semestern ist der Silvestertrubel dort zu groß und das Geknalle zu laut. Es ist zwar erst drei Minuten vor zwölf, aber ein paar Ungeduldige lassen die ersten Raketen hochgehen und dann explodiert auch schon ein Böller.

Schließlich beginnt die Uhr vom nahen Kirchturm die zwölfte Stunde zu schlagen und dann ist am Römerplatz die Hölle los: Raketen schießen im Sekundentakt hoch, bengalische Feuer beginnen zu lodern und Böller und Knallfrösche machen einen infernalischen Lärm.

Die Zeitungsmacher lassen ihre Sektgläser klingen und wünschen sich reihum, dass das neue Jahr gut werden möge. Simone lehnt sich an den Maximilian und denkt, dass für sie das neue Jahr kaum schöner werden kann.

Und dann ereignet sich ein kleines Neujahrswunder: Der Bauer Norbert geht auf den Moritz zu, stößt mit ihm an und sagt: »Moritz, du hast ja eigentlich Recht … und … und viel Glück im neuen Jahr!«

Der Moritz bringt erst einmal kein Wort heraus. Er schluckt einmal, strahlt dann übers ganze Gesicht und sagt schließlich: »Mann, Norbert, das wünsche ich dir auch!«

»Danke, Moritz!« Und dann ist der Norbert auch schon wieder bei seiner Clique.

Michaela versetzt dem Moritz einen Stoß mit dem Ellenbogen und sagt fassungslos: »Herrje, Moritz, das ist vielleicht ein Ding! Der Norbert reumütig und versöhnlich, das neue Jahr könnte ja gar nicht besser beginnen.«

»Aber echt, Micha! – Du, vermutlich steckt in ihm ein guter Kern, er ist eben nur an die verkehrten Leute geraten.«

»So wird es sein, Moritz. Aber … aber schau, was da hochsteigt … das ist ja fantastisch!«

»Ja, verreck! Das … das schaut ja aus wie ein bunter Christbaum, der immer höher steigt. Der … der überstrahlt ja alles! Ja, und jetzt, jetzt bleibt er fast stehen und lässt hunderte verschiedenfarbige Kugeln auf uns heruntersinken. Herrgott, Micha, so etwas hab ich noch nie gesehen!«

»Ich auch noch nicht, Moritz. Du, diese Show stammt bestimmt von dem Pyrotechniker aus Achhofen.«

»Ganz bestimmt, Micha!«

Nachdem die letzten Kugeln verloschen sind, und während sie sich die Augen reibt, sagt Michaela: »Du, Moritz, ich geh jetzt zurück und fahr heim. Nach so einem Schauspiel muss ich nicht noch mehr Feuerwerk haben.«

»Ich auch nicht, Micha.«

»Ich komm mit«, sagt der Benedikt hinter ihnen.

»Und wir auch.« Simone hakt sich beim Maximilian unter, ruft noch dem Gerhard und Justus zu: »Wir gehen jetzt!«, und marschiert dann mit ihm los.

»Wir kommen gleich nach!«, ruft Justus hinterher.

Im Saturn sitzen die Musiker an der Theke und löffeln Gulaschsuppe. Der Gerhard setzt sich zum Boris und beginnt mit ihm ein Gespräch über Gott und die Welt.

Simone und Maximilian, Micha und Moritz, der Beni und der Justus stellen die Sektgläser auf einen Tisch neben der Theke und nehmen das Pfand für die Gläser in Empfang. Sie rufen dann dem Gerhard »Ciao« zu und verlassen das Saturn.

Simone hakt sich wieder beim Maximilian unter. Der Rest der Truppe schwingt sich auf ihre Fahrräder und fährt wild klingelnd und mit »Ciao, Ciao!« hinunter zum Römerplatz.

Als Simone und Maximilian durch die Kreuzgasse kommen, singt nicht weit vor ihnen ein junger Mann aus Leibeskräften: »Ihr Großen und Mächtigen, wir werden uns erheben! Ihr Großen und Mächtigen, Ihr …« Der junge Mann stolpert und kann einen Sturz gerade noch verhindern. Nach einem »Hoppala« beginnt er wieder: »Ihr Großen und Mächtigen, wir werden uns erheben! Ihr …«

Simone drückt sich an ihren Max und sagt: »Ja Max, wir Jungen müssen uns erheben. Die Alten sind dazu nicht in der Lage, auf die dürfen wir nicht hoffen.«

ENDE

Günther Urban
STAMMTISCH
392 Seiten
Taschenbuch/eBook
ISBN: 978-3-8391-1521-3

Severin Berenth und seine Geliebte Saskia Herzog kämpfen seit langem für nachhaltige und zukunftsfähige Lebens- und Wirtschaftsformen. Sie kollidieren dabei regelmäßig mit Zeitgenossen, die dem Mainstream anhängen, der von skrupellosen Individuen auf dem Kapital- und Wirtschaftssektor nach dem Fall der Mauer in Gang gesetzt wurde.

Saskia Herzog meint, dass die Menschheit auf eine Katastrophe zusteuert, die nur ein weltweiter Aufstand der Volksmassen, die die negativen Folgen dieser Entwicklung zunehmend zu spüren bekommen, abwenden kann. Severin Berenth, der Gewalt ablehnt, will dagegen mit diversen Aktivitäten den Boden aufweichen, auf den sich die Dominanz von Wirtschaft und Kapital gründet. Als er nach kleinen Erfolgen wieder einmal Mut schöpft, wird Saskia, die sich möglicherweise einer radikalen Untergrundorganisation angeschlossen hatte, tot aufgefunden.

Günther Urban
DIE CLIQUE
504 Seiten
Taschenbuch/eBook
ISBN: 978-3-7412-8291-1

Die Gräfin A. I. Eleonore Hortocány, eine strahlende Schönheit in den Fünfzigern und erfolgreiche Unternehmerin in Süddeutschland, ist ein führendes Mitglied der Oberschicht im deutschsprachigen Raum.

Ihre Lebensumstände und ihre Herkunft haben aus ihr einen gesellschaftspolitischen Hardliner werden lassen, der eine Klassengesellschaft als naturgegeben ansieht.

In ihrem engeren Umfeld bewegen sich ein in sich gespaltener Kardinal, ein ebenfalls sehr erfolgreicher Unternehmer und dessen rebellische Tochter.

Die Handlung erstreckt sich über die Jahre 2005-2011, in welchem das Leben der Gräfin ins Wanken gerät, weil sie spürt, sich aber dagegen wehrt, dass die wachsende Weltbevölkerung, der sich immer deutlicher abzeichnende Klimawandel und die weltweiten Krisen ein partnerschaftliches Zusammenleben der Menschen notwendig machen.

Das Leben, der von den Männern umschwärmten Gräfin, trübt zudem, dass es, was die Liebe angeht, von Anfang an unter einem unglücklichen Stern stand.